U0068050

失眠的夜

語雨、澤北、葉櫻、雪倫湖　合著

目錄

語雨

澤北

目錄

葉櫻

雪倫湖

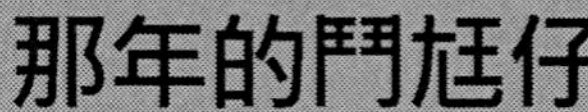

文：語雨

前一陣子，在整理舊物時，翻出不少懷念的東西，當搬動某個小紙箱時，有個玩意掉下來了，用壓克力或塑膠做成平面的動畫人物之玩具。

尪仔標。

我從小到大都是這麼念的，去網路搜尋一下，還真是直接國語轉台語的譯音，國語譯名一個字都找不到，這類玩具從小到大有不少稱呼，尪仔凱、尪仔標和土避尪仔等。

尪仔標在我小時候流行一陣子，從高中生和國小生都有在玩，尪仔標玩法有各式各樣，不過最基本的就是在桌面、水泥地等的平面上輪流用手指彈，用尪仔標蓋過對方的就算贏了，贏者可以收下對方的尪仔標，規則有點像是蓋紙牌，我們稱之為鬥尪仔。

在我家附近有一位不良高中生也很迷鬥尪仔，他的外貌長得很可怕，手臂和臉上都有刺青，在學校和電玩場所到處鬧事，左鄰右舍都退避、父母警告一定不可以接近的人物。

不知道是怎麼開始的，我跟不良時不時會鬥尪仔了，國小生和高中生玩不怎麼稀奇，不過其中一位是不良就很引人側目。

奇妙的是，不良在鬥尪仔很守規矩，見我有稀有尪仔標也沒有強搶，而是正常用鬥尪仔贏過來，就算輸了也不發脾氣，或許覺得以大欺小很丟臉吧？不過比班上那些耍賴仔好太多了。

一陣子後，鬥尪仔逐漸退流行，但是我跟不良見面還是會說幾句話，之後，他因為傷害罪入了少年監獄，在入獄之前把鬥尪仔全送給我了，把我父母嚇得半死，我還因此惆悵了好些日子。

語雨

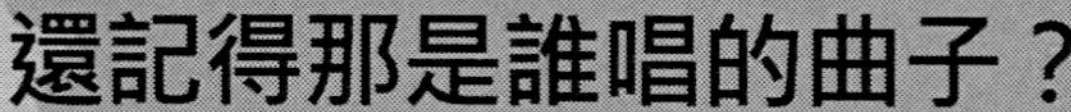

還記得那是誰唱的曲子？

文：語雨

智慧手機世代或許不了解，那時學生也沒什麼可以玩，面對渴望娛樂的學生，玩具廠商連把鉛筆盒做成對空炮台都可以賣一波。

在上課時玩接龍、遞紙條和扮成蝙蝠俠，然後，老師的鐵拳從頭頂炸裂也是常事，上學時期可以玩的就是花樣百出。

某一天下課，我一面哼歌一面對著課本上的人物塗鴉。

「這歌很好聽啊，是誰的唱？」同學開口問了。

「謝謝，謝謝。」

「不是說你的歌喉好，是曲子名啦！」

真是的，也不說清楚，害我擺出得意洋洋的表情，這不是很害羞嗎？

我當下也忘記自己在唱什麼鬼，連歌詞都忘記了，只記得曲子怎麼哼，跟朋友猜老半天，連問好幾個人，終於有人猜出來了。

欸！這可以玩喔。

從那天後，下課後就由某個人喊：「猜猜誰唱的歌？」就聽那人起頭哼歌，要大家猜歌名，之後，不能出重複的曲子，如果有人翻唱就已經原唱為主，連規則也一條條定出來了。

班上大約有一半的人參與，下課後就聽某人唱曲子，一群人跟著哼，直到某人猜出是哪個歌星唱，以及曲名是什麼，這是有點奇妙的景象。

猜歌名比賽持續了很久，直到某個朋友要轉學了，那位朋友脾氣好人緣佳，所有人都捨不得。

在轉學之前，師生辦個離別會，吃吃喝喝，還唱了好幾首歌，就在唱完某曲子後，不知哪位同學喊道：「猜猜誰唱的歌？」

一時之間，感傷氣氛一掃而盡，所有人都噴笑了，笑著又流下眼淚，那景象在長大成人後，不時會浮現在記憶中。

語雨

令收賄的白血球降下天罰吧

文：語雨

我算是比較虛弱的體質，一年大概會有一次嚴重的感冒，幾個月就會有一次小感冒，當然我在外出時，也會戴口罩，晚上睡覺也會包好好的，可是該死的病毒總是有辦法入侵打敗我的免疫系統。

看了動畫工作細胞後，就會想說我的白血球到底沒有工作，還是像是雷洛探長系列一樣，收了感冒細菌的賄賂......

「嘿嘿，這些葡萄糖給你，希望你看不見接下來發生的事情。」

大概就是這種感覺......看來收賄的嚴重問題也蔓延到身體內了......

對我來說，感冒並不是最嚴重的問題，只要不是特別嚴重，還是一樣要工作，還是一樣要被機車上司譙，被糟糕同事糟蹋，這些不算什麼。

對我來說，最嚴重的問題就是寫作進度會延遲，吃了感冒藥，頭腦會昏昏沉沉的，下班時坐在電腦面前，不論多久，進度都是一片空白了，而且，當感冒好了之後，要找回原來寫作的感覺就要花上不少時間......

曾經試著慢跑要養成強健的身體，吃維他命增加免疫力，不過做什麼都不見效果，一年還是會有三到四次的感冒，為什麼我身體這麼虛弱呢？

每當發生感冒時，我只好躲在棉被暗自垂淚，希望能夠趕快好起來，趕快早日找回寫作的感覺，平時上班發生那些鳥事也變成十分痛恨。

對此，健康真的十分珍貴，在此祝福所有讀者不會感冒，並令所有會收賄的白血球降下天罰。

語雨

走過那條車站上坡道

文：語雨

在高中考大學時，因為成績爛到出汁，所以就被分發到外地某大專院校去，這所大專院校位於某個山區，既然是山區就有許多上下坡，從公車站下來就得面對上坡，每次放假回來後，最恨的就是拖著行李走那條上坡了。

即使走完上坡進了校門，學生宿舍仍然走一段距離，當然校舍也是蓋在坡道，每次上課要換教室時，上下坡都是一段考驗，半年後每位學生會養成強壯的蘿蔔腿，包括女生在內，長相也會變成很粗獷，還會長出落腮鬍和雙下巴。

開學時，學長姐是這樣嚇我們的，後來才知道是傳統的笑話，我裝作沒看見學姐的刮鬍刀和下巴，也跟著一起乾笑。

剛開學時走山路是很疲累，不過人是會習慣的動物，走了幾個月之後就對走上下坡沒什麼感覺了，反而課業還比較煩躁，即時我成績爛到出汁，這所大專院校仍然排在前段，根本沒人可以讓我抄寫功課，反而是我教人比較多一點，這倒是很新鮮的體驗。

這裡學校老師不好不壞，沒什麼讓我留下深刻的印象，至於同學感覺就像台灣各地收集各種奇葩過來，一起做了無數的蠢事，在這所大專院校的日子感覺並不壞。

之後，從院校畢業，兵役結束也過好多年了，現在回想起來，即使是最恨的車站上坡道也不再這麼討厭，有時還會在夢境之中，跟著做蠢事的朋友走上一起那條上坡。

語雨

這樣的老爸很不妙……

文：語雨

上了高中時，老媽花了五萬塊買了家用電腦，說要給我和妹妹做功課用，當年的五萬可以買相當高級的電腦，問題是全家不怎麼會用電腦，也不知道這台電腦能幹嘛，當時上網還是用電話線撥接的，慢得要死。

智慧手機時代可能不知道電話線撥接是什麼玩意，簡單講就是利用電話線進行網路連結，當然電話線並非網路線，除了速度慢得要死，還經常斷線，而且在連上網路的同時，外面的電話就打不進來了，網路遊戲更是想都別想，只能上 PTT 或是去論壇看梗圖，圖片一張則是要三到五分鐘才能下載完畢。

當時也不懂可以在外面找補習班來上電腦課，連上網去找個盜版遊戲來玩也不會，結果這麼一台高級電腦就只用來看網路梗圖和新接龍。

某日我又打開電腦玩新接龍，假日很閒的老爸就在後面觀看，看我玩了幾局之後，就擺擺手示意兒子讓座，自己坐下來玩。

一玩不得了了，老爸徹底玩上癮了，甚至兒子在玩時騙他離開。

「喂！Ｙ嬤在找你。」

「欸，真的嗎……臭老頭，竟然騙我！」

這場電腦攻防戰一直到我買了筆電為止，桌電就由老爸佔領了，在升級高速網路後，幫老爸弄了網路麻將對戰的帳號，他便更加沉迷了，某天還目擊老爸對遊戲人物的語音嗆聲，害我妹笑得半死。

欸，這樣的老爸沒問題嗎？

玩、玩得開心就好了，我一面這樣安慰自己，幫開始課金的老爸輸入遊戲卡序號換取遊戲幣。

語雨

那窮光蛋的餐點

文：語雨

除了啣著金湯匙出生的富二代，在學的學生都是群窮光蛋吧。

在國小到高中時期仍然住在家裡，沒錢頂多騎腳踏車上學，手機也用預付卡，上大學時就搬出來住了，三餐要錢，水電費要繳，洗澡、洗衣服坐公車，食衣住行無處不是要錢，打工費一發下來就花得乾乾淨淨，每個月的花費都要斤斤計較。

身為眾多窮光蛋的一分子，當然要團結起來，一起共用洗衣機，共享哪間超商有大特價，那邊餐廳餐點特別便宜，哪間書店可以看免費的等等情報，為了省錢出盡各種花招。

我住的宿舍就在離校門不遠處，對面有一家餐廳，那家餐廳顧客大多數都是學生，常備有雞肉清湯和蛋花湯，白飯和湯都可以免費添加，身為大飯桶，自然成為常客，而且只有我知道雞肉清湯的底下，通常有幾塊熬湯用的肉骨，我都會偷偷撈起來享用，那滋味是多麼美好啊。

許多年之後，收到兵役通知單的我，為了抵免的證明，再度重返學校。

當回到校門時，我看見懷念的景色，一樣的校門，同樣的爬坡路，一臉苦相的學生們，還特地去找了幾位熟識的老師，讓他們看見我成為社會人士的模樣，老師們都很感慨，還聊了幾句。

等到拿完證明後，我再度前往那家便宜的餐館，店主仍然是同一人，一樣的菜色和雞湯，當下我就坐了下來，享用懷念的餐點。

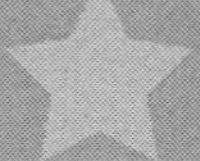

唱起那熟悉的英文歌

文：語雨

補習班恐怕是當學生時都無法避免的關卡，從國小父母就開始送我上補習班了，小學時好像還有繪畫，上了國中後就是英文和數學兩科。

數學我還有些天份，在班上或補習班都是名列前茅，可是英文這門科目好像是我天生的剋星，不論如何盡力背誦每個單字，成績仍舊在及格邊緣，明明數學公式一背起來就可以應用自如，為何英語會渣成這樣呢？

進入補習班半年，我還停留在「這是一枝筆嗎？比爾。不，那是桌子，鮑伯。」的問答中，雖然覺得這課文很白痴，不過學了半年還只有這種程度的我也不惶多讓。

補習班大多數都是兩種人，第一種是想認真學習並且也會反應在成績上，第二種人是被父母送進來卻想混水摸魚，成績多半也會反應在上頭，通常來個半年，父母見沒效果就不會浪費錢了。

但是我是屬於奇葩的第三種人，即使認真努力了，到了考試依舊是個學渣，補習班老師和父母見我認真學習又覺得放棄太可惜了，於是一年又一年的送上補習班，花了鈔票又沒有取得成果，我自己都覺得很挫折。

幸好補習班的英文老師還是對我不錯，他想了各式各樣的辦法，想讓我成績進步一點，在各種方式無果後，他便想到教我唱英文歌。

你最喜歡哪些國外電影？

好，我們就從主題曲開始唱起。

於是，前前後後我學了十幾首，從第一滴血直到鐵達尼號都有唱過，雖然英文還是沒進步，不過以後回想起學英語的回憶，熟悉的旋律就迴盪在腦海中。

語雨

那日在辦公室的談天說地

文：語雨

高中時有一位感覺邋遢的女老師，老是穿著起毛T恤，捲捲頭髮批散在兩肩，戴著像是牛奶瓶般厚邊眼鏡，放在現代就是經典的喪女形象。

不可思議的是她並沒有喪女那種難以接近的陰暗氣息，老師人很隨和，即使沒大沒小對她的講話也不會介意，講話內容也很有趣，所以很多學生下課去找老師聊天。

聽老師自己說過，她趁著大學時到歐亞大陸去旅遊，搭著便車就在國與國之間到處亂晃，在亞洲很多地方，語言無法溝通就比手畫腳。

先不管老師怎麼比手畫腳，沒什麼錢的女大學生一個人作自助旅行，還經過亞洲那些紛爭地帶也太猛了，不過老師事前做足功課，沒遇過太大的危險。

當時我們上課學習下課補習暑假備考，被沉重壓力壓得喘不過氣來，老師旅行事蹟簡直就是天方夜譚，更何況當時老師只比我們大幾歲而已。

因此聊天時總纏著要她說些旅途趣事，我們這些小毛頭總是聽得眼睛閃閃發亮，恨不得也親身去見識那異國景色。

老師在旅途中結識許多朋友，也給我們看了許多照片，從年輕到年老，每個跟老師合照的人都笑得很開心，有些人到現在還以電子郵件聯絡，分享在家鄉和旅途見聞趣事，聽得我們羨慕異常。

人與人之間的相遇是寶藏，那是老師經常掛在嘴邊的話，這句話在成為社會人後經常在腦海中浮現，與老師凌亂的辦公桌一起。

那盡情暢所欲言的辦公室之景色也是我珍貴寶藏之一。

文：語雨

在小學時，我常在新聞上看見，某國某議員和總統因為醜聞下台，他們在道德犯錯，像是不忠、歧視言行和耍特權，大抵都是這三種。

最後一項姑且不說，前兩項只是違反倫理道德，是有人覺得受辱可以提出告訴那種，不過警察不會因此把你抓進監獄。

結果他們全因此引咎辭職，在當時還是孩子的我完全無法理解，只是說錯話、只是犯過錯，為什麼非得離開不可？工作能力跟人格根本無關吧？

明明把負責項目搞得有聲有色，所有人都在期待他下一步帶領大家到哪裡去，為什麼就把一切都拋下了？剩下的人怎麼辦？

帶著疑惑去問大人，沒人給我滿意的答覆，每當看到類似的新聞時都無法釋懷，我就這麼帶著疑惑從國小畢業，一直升到高中，遇見了一名同班同學為止......

那人簡直就像偶像劇主角，溫柔、陽光又健談，無論何時總在人群中心，有活動時會帶領大家前進，全校師生都喜歡他......

直到被揭穿是個腳踏多條船的渣男為止。

當時，學校正在舉辦園遊會之類的大活動，在爆發前，理所當然是他指揮，在此之後總是圍繞他身邊的人群如小蜘蛛一樣散去，一心策劃的活動也飛灰煙滅，當下我若有所悟。

為什麼那群偉大人物說錯話，非得引咎辭職不可？

人格無法被信賴，根本無法成就任何事……

還有信賴破滅真的只要一瞬間而已，這速度令人脊背發寒。

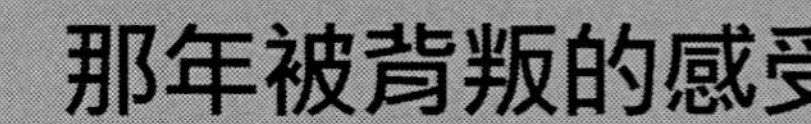

文：語雨

在雷曼兄弟搞出席捲全球的金融風暴後，台南工廠倒閉的倒閉，裁員的裁員，剛剛役畢的我實在找不到工作，於是只好漂流北上。

北上後，幸運在親戚經營的工廠找到職缺，那間小小工廠大概有十來人，員工們都挺好的，其中有一位叫做傑哥的員工跟我最好，在假日時會相約出去玩，每次出去時他朋友就成群結伴的出現，我也因此認識許多朋友。

傑哥明明只有大我三歲，但是在社會打滾的閱歷比我多很多，彷彿到處都有熟悉的朋友兄弟，不論在哪裡都吃得開，人人都給他面子，有一陣子我認為所謂的大人就該是那樣子，並且仿效傑哥的舉動，跟那群人混熟後，模仿的事也曝光了，被一陣大笑，傑哥說有個很仰慕自己的弟弟感覺很好，我在當中是年紀最小的，當弟弟也認了。

然而，在北上一年半載後，某日一開門，穿著制服的警察找上門，他們拿著傑哥照片，那是本人第一次接受警察盤問，問東問西後，確定我不知其行蹤，便轉身就要離去……

「他做了什麼？」

「拿走 XX 工廠金庫內的所有現金，現在行蹤不明。」

到了工廠，每個員工驚慌失措，尤其是親戚老闆，因為他向來是最信任傑哥的人，大家心想傑哥會不會捲入什麼事件了，但是隨著警察找出的證據越來越多，大家越是心灰意冷……

最後一次見到傑哥時，我們到底說了什麼、做了什麼？即使仔細回想還是沒記憶……

那一晚，我躺在床上，初次有了被背叛的感覺。

那幼時的電玩達人

文：語雨

就讀國中時，有位跟我要好的同學，名字間有一個諾字，大家都叫他阿諾。

我和阿諾在國中前就認識，是在電玩間戰鬥廝殺之後產生的友情……好吧，幾乎都是我被單方面吊打比較多。

阿諾身材乾瘦矮小，臉蛋有雀斑，長得不起眼，可是卻頗受男生們歡迎，這不只是他個性開朗詼諧，而是對電玩的瞭若指掌，各種密技金手指如數家珍。

在最新上市的拳皇格鬥街機遊戲，三兩下就弄出隱藏人物和 BOSS，在 GBA 的壞瑪莉和冒險島一下子找到隱藏通道，他家有最新型的電玩主機，像是超任、土星和 PS，在國中電玩幾乎是男生的一切，阿諾讓我們這群國中屁孩如癡如醉，崇拜得不得了。

阿諾不只一次說過，將來想要從事電玩相關的工作，也一直找書來學程式怎麼寫，訴說著夢想的阿諾是他最閃耀的時候。

好景不常，有一次我去阿諾家時，發現他家在處理垃圾，那些垃圾就是阿諾心愛的電玩，阿諾在旁暴怒、暴哭也難以挽回，別說阿諾，就算是身為友人的我在旁看了也心痛不已。

原來阿諾父母看兒子成績一落千丈，一怒之下就叫回收業者處理所有電玩漫畫，之後，阿諾則是被家庭教師和補習班纏身，管得嚴嚴的，再也無法觸碰電玩。

畢業後幾年，我跟阿諾失去了聯絡，現今以玩電玩為業到處都是，只要上傳賺點閱率，總賺得盆滿缽滿，每當看見這些人，總會想起幼時的電玩達人，不知道他現今過得如何，有實現夢想嗎？

語雨

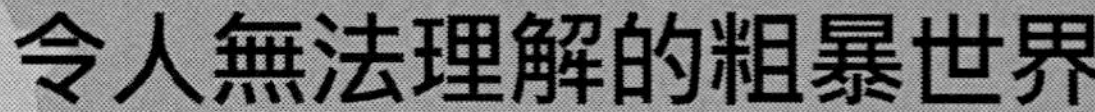

令人無法理解的粗暴世界

文：語雨

筆者本人只有在國小和國中這段時期補習，期間認識許多別校學生和老師，補習班的老師大部分都很和藹可親，補習班的孩子當然也有各種模樣，有明顯不願意來補習，總擺著張臭臉，活似別人欠他百八十萬，也有開起口來就講得不停，非要老師敲他的頭才會閉嘴，其中當然也有粗暴的孩子，不是來學習，而是來打架的……

我就讀的補習班十分寬鬆，不想讀書就擠在教室後頭，只要不妨礙上課，老師也不會去理會，而我是屬於數理的優等生，總是坐在前面問問題。

在某日下課後，肩膀被撞了一下，粗暴分子拋下一句：「少囂張了。」我還在心想自己到底哪裡囂張，他就筆直往前走了。

之後，對方不時會來找麻煩，通常是撞一下肩膀，對我口吐暴言，就在補習班某次學科測驗後，我得到第一名，他憤恨的眼神直勾勾望著我，我心想對方可能又要搞事，下課後我小心翼翼的窺視，果然就在一樓電梯門口發現他集眾堵人，當下我搭了電梯進去地下停車場，從另外一棟大樓上來，母親剛好來接送我，於是將情形直接告訴老師和警衛。

當然，對方從補習班離開了，老師告訴我，粗暴分子來自家裡壓力很大，才會對數理成績很好的我忌妒，意思是要我諒解一下。

對此我感到很不平，很想說干我屁事，所以他傷害別人就是正理嗎？

當時我對大人的世界真是一頭霧水。

去圖書館寫小說的日子

文：語雨

國中考了統測，成績爛到出汁，所以被分發到外地一所爛爛的二專學院，那是一所好山好水並有無數上下坡的好學校，只要待在這裡超過半年，學生們就會蘿菠腿化，是所專門培育蘿菠腿，畢業後就可以收成的校園。

因為這所學校十分偏僻，一出校門依舊只有山林，沒有便利商店、沒有租書店、也沒有網咖，唯一稍微有點娛樂的地方只有圖書館而已，我常常在那裡借書，不過學校圖書館藏書並不多，有意思的小說更加少，沒兩三下就借完了，讓我陷入娛樂小說不足的狀態。

既然看不到小說，那麼就自己來寫吧。

為了自娛，我在宿舍內寫小說，一開始寫在筆記本內，是一部描寫魔法世界的作品，寫滿了五本筆記本後，忽然有個衝動，想要在網路上試著寫寫看，看看會不會有讀者給我評價。

既然要在網路寫作，首先要有電腦才可以，可是別說桌電了，我連筆電都沒有，加上那時智慧手機還沒流行起來，我只能去圖書館借電腦了。

雖然一樣是爛爛的網路，不過圖書館的電腦非常搶手，如果沒下課就直接衝過去，等到圖書館後你就會發現沒有半台電腦可以使用。

就這樣，開始寫網路小說後，每逢下課我就直接衝圖書館，肌力直線上升，從蘿蔔腿變成超級蘿蔔腿。

至於最重要的網路小說呢？

其實剛剛開始寫小說的我，一個星期也只能寫一千五百個字，加上爛爛的文筆，半年後完成三萬字的殘殺小說，評價當然也是爛爛的。

雖然如此，不過我還是覺得很愉快，到現在我還是偶爾會夢見去圖書館搶電腦寫小說的日子。

心無波瀾的童年時光

文：語雨

從小居住的小鎮位於偏遠鄉區，就讀國小時要去便利商店，還得到鄰鎮，附近有勉強稱為風景區的旅遊地點，可是假日中連本地人都不會到那裡去，鄉下地方也沒什麼可以玩，小時候就四處去逛，連家裡附近的墳場也是遊玩場所。

那是一片很大的墓地，放眼望去全是墓碑，一片片連到地平線，而旁邊也有佔地廣大的竹林，完全是老舊驚悚片的場景，因為放學後回家走那邊是捷徑，所以時時經過，也會在那裡玩耍和抓蟲子。

曾經帶著青梅竹馬走那邊回家，結果對方嚇得雙手合十，一眼也不敢看，匆忙走過那片地。

對此，我感到很不解，晚上的話或許很嚇人，不過白天怎麼樣都不可怕，那時候我察覺到了，或許自己身為人的感情缺了一部份……

當我這麼跟朋友講時，卻被大肆嘲笑一番，說是看電視太多了才會有這種想法，只不過太遲鈍了才會不怕。

國小畢業後，因為墓地不再是捷徑了，同時家鄉也逐漸發展起來，那片墓地也開始遷移，現在僅留下一小部份。

然而，在多年後，某地區公所招才，也算是有緣，我成為了整個地區的墓地巡邏員，逛遍大大小小的墓地，處理起葬遷移的業務。

當然，就算長大成人，望著這片墓地，我仍然心無波瀾，只是偶爾會想起自己在墓地悠哉的閒逛，那奇怪的童年時光。

語雨

熱衷的事物

文：語雨

當學生某些年頭，我很熱衷模型，不論是機器人還是動物的模型都喜歡，逛街看見模型店家必定過去端詳一番，在口袋與存款間考量，會盡可能選擇零件多一點，買回家組裝。

零件一多就代表難度增高，稍微粗暴一點都會造成零件損傷，在完成後，模型損傷部份就會很礙眼，人類的目光總是很容易關注缺陷，因此，即使要耗費數個禮拜，務必要讓每個零件完整到位，我也會耐心的慢慢處理。

這份耐心可能遺傳自老爸，老爸有時也會買幾千片甚至上萬片的拼圖回去，花上幾個月慢慢完成，只不過拼圖完成後幾乎都送人或是放在家中生灰塵，也就是說，老爸並不在乎完成的拼圖，而是在享受過程。

跟老爸不一樣，我時常把那些模型拿出來把玩，有時也會呆呆望著它，細細回憶著組裝的過程遭遇過哪些困難，又是用什麼手法解決，光是這樣就讓我樂在其中。

不知道何時，對模型膩了，一個個送給朋友，或者壓碎拿去回收，我對此感到非常訝異，曾經如此熱衷，一旦失去興趣就這麼輕易揮別，就這方面來說，覺得自己跟老爸同樣冷淡。

而我現在熱衷的就是編寫程式碼，因為不習慣的緣故，區區數行就要花費整個上午，不過當程式運行順利就很高興，時常把它拿來執行，望著程式碼細想當初遇見哪些的困難，又怎麼解決......

嗯......怎麼有些既視感，感覺這些年自己一點進步都沒有......

澤北

第一章

薔薇花開蟄末日

文：澤北

那年，Kobe 還有著統治力，雷霆三少勇猛卻稚嫩，Curry 的三分範圍還未至中線，船長與他的大副在茫茫大海中漂流，達拉斯奪冠後卻幾乎解體，馬刺垂老，綠軍內鬥，就只有南岸三王如日中天

那年，世界末日的流言不斷，電影與小說充斥各種想像，許多人對這流言抱持著無聊的心態，但那人一定沒預料到 2012 年是他人生最大的末日。

方出道便被認定為芝加哥救世主，東區唯一能撲滅南灣狂焰的風城之子，他的末日年就由國家隊的徵召打開了序幕。

那年，美國對於倫敦奧運金牌勢在必得，國家代表隊的名單只能有十八個名字，僅有少數人在訓練營前就被指定為正式隊員，而那人赫然榜上有名。

隨著瑪雅預言的末日逐漸逼近，那人的鋒芒畢露，例行賽中令許多妄想催花的狂徒紛紛受創，直到季後賽首輪。

在最後穩操勝券的戰況下，那踏過數百萬次的切入步伐戛然停止了突破。

不想那末日已悄悄到來，足以讓下半輩子都杵著拐杖的關節傷勢，讓他喪失了曾經的光環，薪資、球隊、家庭、榮譽等等，都在末日年離他而去。

許多人說，是教練的調度不當，在比賽結果已成定局的情況下還不進行輪替，導致一個救世主的殞落。

但我想，那人，如其名，在花榭之前，都盡情綻放最美的芳華，儘管剎那，卻不想留下遺憾。

人生在世，有人追求的是一世功名、一場轟轟烈烈的愛情、一段前所未有的旅程等等，也有人廣積善念，將希望留在下一代甚至是下輩子。

但人生，就不該留下遺憾，在結局到來之前，就該用盡全力地奮力一搏。

澤北

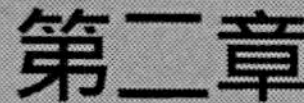

第二章

流連徘徊玫瑰魂

文：澤北

末日過後第三年，歷經左右膝蓋十字韌帶撕裂及右膝半月板修整的救世主，再次帶領著球隊殺入季後賽，在第二輪對上的是他的宿敵-LeBron James 及新建的克里夫蘭騎士。

這是場時隔多年的會戰，兩人在第三及第四戰互相上演絕殺的局面讓許多球迷相信他仍是那東區唯一能抗衡小皇帝的男人，但最終還是倒在騎士的長矛下

又過去了幾年，瑪雅預言中，地球的世界末日沒有到來。

那人的也沒有。

東西區都成了他的沃土，離開芝加哥後的他，曾在紐約、克里夫蘭、明尼蘇達、底特律等地扎根汲取養分，今年又再次回到了紐約，採訪中的他，總是緬懷著 MVP 那年的表現。

但人們總是會在振作之後，過度美化過去。

本季的他自季中被交易回紐約尼克，與舊教練重新聚首的下半季，其實打出了比擬 MVP 時期的數據，在大蘋果上演了浴火回歸秀。

武漢肺炎肆虐全球，部分選手留下了無法根治的後遺症，但那人，是少數自疫情初期，便主動帶上口罩的球員，他的理由很簡單，充分展現出了一名父親的愛意：「我不能讓我的孩子們有機會染疫。」

進入聯盟十三年，三次生涯終結等級的大傷、離婚、性醜聞、兒女染病等等的打擊，依舊不能阻止他切入的步伐與追逐冠軍的夢。

能看著這名球員從剛出道的青澀、打出身手的狂妄、復出後的不適應、接連被球隊拋棄的失落，到現在是充滿父愛與成熟身手的更衣室領袖，身為他的球迷，我深感榮幸。

Pround to be your fans,Derrick Rose,

澤北

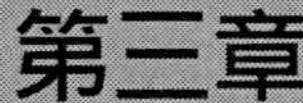

兵不可不養，政不可不問

文：澤北

弓弦一次次地被拉緊又被鬆開，大力馬纖維製成的弓弦所彈射出的箭速最快，可惜再快，也要飛過數年的光陰才能得到台灣人的注目。

掌上皮肉隨著弓弦的鬆弛，甩出到幾十公尺外的草皮上，選手臉頰上深深地烙著扳指的痕跡。

射場上，箭矢彈射而出，弓身輕輕翻轉後，厚繭遍佈的右手再緩緩地從身邊的箭壺中抽出下一支箭矢，張弓、瞄準、屏氣、放箭。

劃破弓身到標靶上的，不是帶著國家希望的流星，而是選手數萬次彎弓修正後的箭道，七十米開外，我們選擇看見每支上靶的箭矢，也忽略掉數萬支重疊的箭影與光陰。

舉重台上，腳踝、膝蓋、腰身、手腕都纏繞著護具與關節炎，掌間佈滿光陰侵蝕的老繭與長到一半便被磨破的嫩繭，深吸口氣，腳趾緊抓著舉重台，小腿肌、大腿肌、闊背肌、三角肌及腹肌共同繃緊，臀肌使力向前一頂，將槓鈴抓舉至胸上後，上挺的不只有百多公斤的質量，還有兩千三百萬人突如其來加諸在她身上的期待。

電視機前，多少人明著暗著為自己的國家選手加油，當個一週運動迷，指責著官員們辦事不力，喝斥著各協會的決斷不公，卻未曾想過，自己是否曾關心過體育？

自家小孩體育課被借走時，你抗議了嗎？

職業運動員的待遇比一般職業還差，你理解嗎？

運動員普遍只需要專注在擅長的領域就好，卻導致國高中生體育生學科能力不佳，讓他們只能在自己擅長的領域上孤注一擲，但體育產業就只有職業選手一條路嗎？

台灣的體育產業，不該只有這樣，還可以更好，更好，更好。

只需要你我他，持續的關注，關心，以及支持。

「兵可千日而不用，不可一日而不備。」南史‧陳暄傳

澤北

第四章

天命宿命註定決定還是要拼命？

文：澤北

「人人皆可為堯舜」—孟子

人的出生、成長、背景、姻緣、資源、個性，真是上天所註定的嗎？

是宗教裡的神決定了一切？

還是科學中的蓋雅意識所安排？

你認為呢？

人皆生而平等（All men are created equal），出自美國的獨立宣言中，這句話為全世界的人嚮往民主社會及資本主義，像看到了掙脫宿命的機會似的，這句話在世界上廣為流傳，成為了教科書中必載入的一段金句，這句話本身沒有問題，有問題的，是這句話沒說完。

獨立宣言的五名撰寫者中，兩個是出身不凡的大地主，其中一人還擁有超過三百名的奴隸，一個人在費城創立報社、一人是紐約州當地望族，只有一人是出身平凡家庭，這樣看來，他們所倡導的人皆生而平等，看來格外諷刺。

人皆生而平等，若改為「人出生前皆為平等」或許稍微好些，出生後的人們受到家庭的經濟、相處、教育等等所影響的太大了，人不可能生而平等，即使雙胞胎同時出生在同個家庭都不會平等。

但為什麼他們五人要編織出世界上最大的謊言之一呢？是為了鞭策，人生而不平等，在不平等的條件下，人的努力才有價值，你才有機會扭轉這不平等的人生，平等與命運，不是一個等號，而是一個問號，命運不是註定也不是神定，更不是別人所決定，而是自己決定。

「故命上不利於天，中不利於鬼，下不利於人，而強執此者，此特凶言之所自生，而暴人之道也。」—墨經・非命

澤北

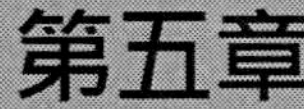

第五章

公平？

文：澤北

這世界，是公平的嗎？

有人成年禮是一個蛋糕、一首生日快樂歌，也有人是一部機車、一台汽車，更有人是一趟旅行，據新聞報導，中國江蘇省內更有人的成年禮是一整條街道的房子。

在台灣，成年禮普遍是一道選擇題，你選的是上大學？還是要投入職場？

大學的就讀與否一直是一個爭論不休的議題，而讀大學為的是文憑還是知識？所投注的金錢與時間當真值得？學費是該自己出還是向父母討？若是自己出又不辦理助學貸款，該怎麼負擔這筆支出呢？

試算了一下假設從大學起就自力更生到底要賺多少錢，

私立大學學費一學期接近六萬五，繳費日是二月跟九月，八個學期下來計五十二萬。

五十二萬除以四年再除以十二個月，湊整數大約是每個月一萬一。

房租加水電一個月算九千元（以台北市為例）。

一天三餐算約二百五，一個月約莫七千五。

交通費以搭捷運到打工場所來回，跟住處到學校，一天以六十元來算的話一個月約一千八，湊整數兩千好了。

一萬一加九千加七千五加兩千等於兩萬九千五，近三萬元。

所以如果想自力更生讀完大學，我每個月要賺到至少兩萬九千五百塊新台幣。

只有高中文憑，薪資扣完勞健保，實領兩萬九以上的工作，在台灣真的不常見。

「朱門酒肉臭，路有凍死骨。」杜甫

失眠的夜

澤北

第六章

野心

文：澤北

戰戰兢兢，新鮮人一個個坐在位置上等待面試官的傳喚。

為了錄取職缺，許多人準備洋洋灑灑的自我介紹跟堪比辭海的履歷及作品集，為的是一份能養家糊口的飯碗而已，但在台灣不能夠如此明目張膽地說出自己的想法，必須經過包裝跟潤飾，但大多數人選擇的是直接撒謊。

面試時，只有極少數的人勇於說出面試的原因，畢竟當面說出自己的野心及弱勢，在這封建的社會，「野心」是極為羞恥之事，必須永埋心中，不可輕易出口。

講述自己的野心，在資方自己眼中是合理的，但在勞方的角度講述自己的野心卻是不好的，就連離開工作環境，也不能說出實話，總要說自己哪裡不好，自己不適合公司，做人總是要留一線，將來相見才不尷尬。

但留這一線，值得嗎？

你覺得薪資不夠，你要求了嗎？

你覺得工時太長，你爭取了嗎？

你覺得工作內容與想像中不同，你了解自己想像與現實的差異了嗎？

在台灣，職場上的人，終其一生都不曾真正的面對問題，所謂的「做人留一線，日後好相見。」根本是給自己的軟弱找藉口。

「起初，納粹抓共產黨人的時候，

我沉默，因為我不是共產黨人。

當他們抓社會民主主義者的時候，

我沉默，因為我不是社會民主主義者。

當他們抓工會成員的時候，

我沉默，因為我不是工會成員。

當他們抓猶太人的時候，

我沉默，因為我不是猶太人。

最後當他們來抓我時，

再也沒有人站起來為我說話了。」——馬丁・尼莫拉

不要為自己的軟弱找理由，為自己的未來負起責任，這是你的人生，你有四分之一的時間將在工作上度過，不需要讓自己委屈，勇敢地闡述自己的野心吧。

澤北

第七章

為人父母

文：澤北

每年每月每日，都有無數的新生兒降生，男女的身份轉變成了父母，但不是每個小孩的成長過程，都能有父母的陪伴。

身邊的朋友們，幸運地當上了母親，她的孩子卻不幸喪失了父親，矇矇懂懂的成長過程中，他們不自覺地向小孩隱藏了「父親」這個角色的存在，取而代之的是身邊的男性友人充當「叔叔」。

小孩習慣了各位叔叔對他母親的不捨與體諒，漸漸地養成了任性與小聰明，而後更是讓叔叔不忍這孩子的頑劣，便提點了朋友幾句。

不料，這孩子完完全全成了母親的心頭肉，不容他人評斷的一片逆鱗。

母親大怒，聲稱其餘人都非人父母，怎麼能明白養育孩童的心酸與難處，怎能這樣批評？

接收到了朋友憤怒的感受，我感到不解。

的確，我尚未成家亦未生子，我確實不明白為人父母的感受，但沒有那層身份，就不能夠抒發感受了嘛？

無法理解為人父母的想法，但我選擇了尊重，台灣是如此自由的社會，我們可以批評，可以任意抒發各種立場的想法，只要在不傷害他人的前提下作任何的事，當父母的辛苦，我的確不清楚，但是造成了傷害，我很抱歉，但你的小孩，的確是個會利用他人對妳的憐憫，達到自己利益的小孩。

我很遺憾你看不到我為你的孩子所付出的舉動，當我任勞任怨地抱著他走、哄他吃飯、陪他試穿衣鞋、陪他逛玩具、甚至是抱著他衝去廁所方便、不讓他在公共場合跑跳，你看見的，僅有你的兒子。

我不是一名父親，所以不能評論別人的小孩。

澤北

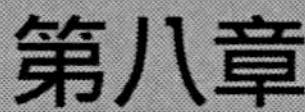

第八章

斷食買房

文：澤北

斷食，是近年來在全球引發熱議的一種新飲食方法，在一定的時間內除了水分以外，完全不攝取任何的熱量，「騙」自己身體機能，啟動自噬機制，優先燃燒體內的脂肪來做能量來源，以此達到減脂的效果。

在斷食期間，除了水以外的食物都不能攝取，直接降低用餐的頻率以及進食的時間，間接達到省錢的效果。

有部分的人的確因此瘦了下來，也省到了部分的金錢，但你有想過，斷食的最高境界嗎？

十五年，若你能斷食整整十五年，便能在台北市買下一間房，不吃不喝十五年才能夠擁有一間自己的房子，不敢說它的裝潢跟公設，但這的確是一間屬於你自己的房。

從動土前的規劃，再到導溝、連續壁、支撐、開挖、出土、大底、地樑、結構、裝修、設備安裝等等，一間房子來來去去數百名工人的工作，短則三年，長則五到八年，一棟房子才正式落成。

在台灣的傳統觀念裡，無房不成家，許多人都將買房視為一個人生里程碑。

遺憾的是，房價就像是跟著你的年紀一樣不停的漲幅，過了三十後便一路飆升，一去不復返，薪資的漲幅遠遠跟不上房價的不回頭，報章雜誌的報導方始也逐漸扭曲，從工作 xx 年才買得起一間房，變成幾歲才能成為首購族，再到現在居然成為不吃不喝 xx 年就能買房，詼諧風趣的口吻，調侃的內容卻是殘忍的現實。

不知道有多少人，是寄居在別人的房子中長大，每隔一段時間便要打包行李收拾傢俱，再到下一個落腳處。

擁有自己的房子，是很多人的夢想，也是從小到大的遺憾。

澤北

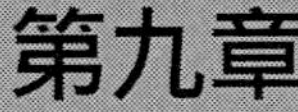

第九章

CP 值的謊言

文：澤北

Cost Performance Index，在台灣被稱作所謂的 CP 值（性價比），意指性能或功能與價格的比值。

在台灣的發展期，舉凡食、衣、住、行，都屈服在了性價比之下，育與樂沒有，在汲汲營營的早期社會中不存在這兩項需求。

餐點營養是否均衡？調味是否美味？用餐的餐具是否環保、潔淨或是無毒？不重要，便宜吃得飽就好。

衣服的面料會不會造成過敏？耐不耐洗？禦不禦寒？剪裁喜不喜歡？不重要，便宜能穿就好。

房屋修建合不合法？裝潢的建材有沒有毒素？傢具會不會造成逃生動線問題？通風及陽光是否足夠？不重要，有地方住就好。

交通工具安全配備足不足夠？懸吊系統需不需要維護保養？輪胎該不該更換？不重要，能省通勤費用就行。

一切的生活基礎，都屈就在了價格之上，數十年下來養成的習慣，使得各行各業的每次漲價都會造成天怒人怨，彷彿不能進步，不能多給更好的東西，只要維持原價甚至更加低廉的價格，讓生活水平維持就好。

時代在更迭，性價比當真能夠代表一切嗎？

營養均衡且、口味合宜、環保無毒的餐盒及餐具以及乾淨光亮的用餐環境，卻要被嫌棄販售餐點太貴。

無過敏材質、上千次耐洗紡織、保暖排汗且設計剪裁，卻要被嫌棄是販賣品牌精神。

地價及原物料高漲、無毒環保建材、多年經驗匠師打造及多重機關審查保證了陽光、通風及逃生的房屋，卻要被斥罵貪財建商。

路上通勤人數劇增，不論是自駕或是大眾運輸，安全是否可以忽視？當通勤時間增加時，舒適度當真不用重視？

時代在進步，人的想法也需要進步，持續追求性價比，忽略了他人也是以此為生的事實，自私地想著用低廉的價格委屈自己的生活品質，最終只會剩下生存，而不是生活。

澤北

第十章

相處

文：澤北

人類，是大自然中得天獨厚的生物。

人類的足跡，從氣候嚴峻的極地橫跨到宜居的溫帶平原，縱使我們踏遍了大自然的各種環境，克服了各種動植物的挑戰，人類卻依然學不會與人類相處。

其他的動植物之間的相處都是秉持著天性，「繁衍」是最終目的，其餘的一切都不重要。

人類不同，人七情六慾相較其他的物種來說豐富過了頭，會因為一時的感受影響判斷及作為。

台灣區分了許多不同的學級，從幼稚園到大學，各種學習壓在台灣人身上，卻直到近幾年才意識到，我們從未學習過與人相處的方式，倒是學了許多與人競爭的方法。

當人沮喪時，該鼓勵還是激勵？

當人開心時，該雀躍還是平靜？

為什麼沒有課本寫出每種相處情況的應對方式，但相處所激發的摩擦卻處處可見？

跟伴侶相處時，你有過不適卻說不出口無法溝通的時候嗎？

跟家人相處時，你有過委屈卻無人知曉如何是好的時候嗎？

人跟人相處，從來都不是單方面的，簡單的眼神、繁瑣的動作以及自認為對方著想的作為等等，情感經過這些舉動產生了交流，這便是相處。

人類擁有遠超其餘生物的的敏感，在情感的交流之間卻難達到完美的層次，在各種相處之間充滿了誤解，卻不知道使用另外一種天賦「語言」，做為溝通的橋樑，更多的是使用語言來做欺騙。

當人們在情感的交流之中，善用語言做溝通，不抱持著傷害對方的欺瞞，這或許便是最接近「完美」的相處。

澤北

第十一章

情商

文：澤北

從小到大，總有人提到我是個 EQ (情商) 很低的人，三不五時就會發脾氣、愛哭、大吼大叫等等行為，從家人、師長到同學，不只一次地提醒、批評甚至是霸凌，我的人生就是伴隨著「情商不足」的評價長大

或許是牡羊座的天性，我不甘於這個社會的平凡，不願見到亦不願接受不公平的事發生在周遭。

但年少的我不懂的這個社會的運作機制，碰到事情的發生只能用最原始的肢體去做抗議，最後落得情商低下的評價。

情商，指的是情緒管理能力，人們總是稱讚擁有高情商的人，認為他們在各種情況下都能掌控好自己的表達，像是面對悲傷的哭泣跟憤怒宣洩，能夠忍耐這兩項被歸類到「負面」情緒的人，總是被人們讚譽有佳。

開心跟幸福呢？開心時的大笑跟幸福時的滿足，當人們表達出來時卻很少有人稱讚那是高情商，難道是因為這是被歸類到「正面」情緒裡頭嗎？

這社會對於負面的事物充滿著歧視，不是避而不談就是敬而遠之，但情緒真的有「正面」跟「負面」的分別嗎？

這是情緒，正負面是人們的分類，情緒的表達不該因為人們的喜惡有所克制。

我在該哭的時候哭泣，該憤怒的時候發脾氣，但同樣的，我也沒有在該大笑時吝嗇我的笑聲，幸福時也不曾缺少過感激，這樣的我還算是情商低下嗎？

曾經的我因為這個評價感到許多的不適，但現在的我接受了我自己，你們呢？

你希望當個悲傷時不哭泣、憤怒時不言語、開心沒有笑聲，就連在幸福時都不曾滿足過的人嗎？

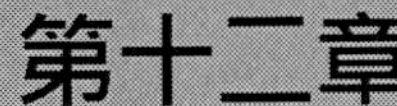

第十二章

文字是開心的

文：澤北

錐形的筆尖畫過了紙張的肌膚，稻穗殼色的紙張上浮現出一道道藏青的晦痕，微微暈開後的豁口時而疊加，時而結合，筆尖隨著書寫者的手指、手腕到手臂的勁力深淺不一地在紙張上創作著。

篆隸行楷草，各種書體早已不侷限在傳統的毛筆上，時代進步著，用筆人的心思也不被侷限在軟筆上，前些年曾紅遍各大書的字帖類書籍橫掃各大實體及網路書店排行榜，就像曾經的塗鴉繪本一樣，給予人們在夜深人靜的時刻有揮霍壓力的地方。

因平常便會運用到寫字，造就了人們更願意去寫字，在發洩壓力的同時，也能讓人們在閱讀上更賞心悅目些。

又過去了幾年，排行榜上已不復當年字帖稱霸的時光，就像一切的時尚一樣，寫字成為了快流行，來得快去得更快，人們花了大約一千年的時間才逐漸從軟筆改成硬筆來做書寫的工具，卻用不到五分之一的時間便漸漸地將硬筆淘汰，改成最先進的鍵盤按鍵來做溝通。

噠噠噴噴啾啾嗽嗽沙沙，文字誕生的聲音從如雲霧般撫過的柔軟，再到劃破纖維留下傷疤的剛硬，最後剩下了敲擊鍵盤的喀啦喀啦，鍵盤的本身又會因為軸體的不同，擁有更多元的聲音。

如果文字本身有意識，或許是開心的，因為時代的進步，賦予了他們更多的聲音，青茶紅銀光粉黑白，各色的軸體所擁有的觸感跟聲音不盡相同，而每個人所聽到的聲音也有所差異。

我想文字是開心的，它所能代表的意義更多了，一個字或一個詞，各有各的解讀，不必像從前，誰說它代表什麼意思，那就是什麼。

願這世間一切的文字，在誕生之時總是伴隨著美好，而不是被帶著惡意所譜寫出來。

澤北

第十三章

有些事，一萬年也不會變，嗎？

文：澤北

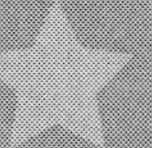

兩個人之間的感情，講究的是質，還是量？重視的是精神層次上的幸福，還是物質層面上的享受？

「誠知此恨人人有，貧賤夫妻百事哀。」元稹流傳多年的詩詞，在現代被濫用為形容貧困的夫妻什麼事情都不會快樂，在這社會上彷彿經濟成為了最重要的事情，沒有之一，是不是代表著現代人的物質享受大於精神滿足？

還在想著元稹的感情觀，兩百多年後的秦觀卻又說了「兩情若是久長時，又豈在朝朝暮暮。」多麼美妙的詞句，說服了多少情侶不用執著於當下，放眼未來，而多少人更是被這句話欺騙了許久，許久。

回到元稹，被曲解的元稹，隨著科技的發展，人與人之間少了距離，卻多了隔閡；環境上少了真誠，多了被包裝成隱私的欺瞞；不再隨著日出日落的作息，情侶之間多了更多相處的時間；網路上充斥各式各樣的言論、案例、觀念，使得相處變得比千年前的唐代更加複雜，或許現今的情侶的確會被經濟狀況影響彼此間的快樂。

有些事，不用到一萬年，只需一千年便會改變，封建會變開放，古板會變圓融，世間萬物瞬息萬變，很難有能夠亙古不變的存在。

即便是承諾，一年十年不變，也難以保證二十年，三十年都不變，一萬年太久，奢望永恆不變的東西存在於感情之間，太過於浪漫。

與其執著於探討精神物質孰輕孰重、重質還是重量，不如省下這些心力，把握當下，不去檢討得失與滿足，著重於彼此之間就好。

「多少事，從來急，天地轉、光陰迫，一萬年太久，只爭朝夕。」毛澤東

澤北

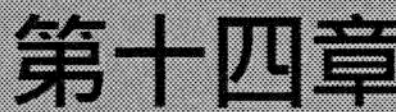

第十四章

起點終點

文：澤北

自生命的起點出發時，你不會有記憶，在你有記憶之前的過程，都是從旁人的轉述得知的。

成長的記憶塞滿了你的腦海，幼年、少年、青年、壯年、中年、老年到垂暮，如果每個時期用十年來算，扣掉每天八小時的睡眠也有接近四十萬個小時，可惜的是我們的記憶只會停留在深刻的地方，沒有辦法每分每秒都儲存在心中。

病痛的記憶尤其深刻，不論是身體上的傷病，還是刻畫在心中的酸楚，即便痊癒過後也會留下疤痕，提醒你曾經歷過這些病痛。

死亡的時候，你不會有記憶，你甚至不會得知你吐出最後一口氣之後發生的一切，而比死亡本身更令人恐懼的是，你不知道何時會做最後一次的呼吸。

我們無法設想抵達終點時的感受，也就沒辦法做準備，就算預先做好了準備，也沒辦法確定是否如你所願，對於未知的徬徨、超出能力所及的無助及無力感，對這些的恐懼更是超過了對於終點的恐懼。

生命的終點，是死亡無誤，這是我們早就知曉的結果，很少有人去設想自己離開時的場景，即便提出來與周遭的人討論也經常被認為是觸霉頭，導致了大多數的人都不能好好告別。

人生是無常的，不能確定何時會離開身邊的人。

若能提前做好準備，希望這世上少點繁文縟節，多點真情流露，用溫馨的回憶取代無聲的哭泣，靜謐的餐敘代替沈寂的靈堂，告別或許真的能夠是告別式，並非是宗教的群魔亂舞。

澤北

第十五章

告別

文：澤北

告別，帶來了傷痛還有成長，我們不該畏懼告別，甚至是該把握每個當下。

你可曾想過與自己做告別？先試想著，身邊的親朋好友沒能跟你說聲再見，便真的再也無法相見，你能想像自己會有多難受嗎？所有人都不願意經歷告別，也自然不願先做好心理準備，正確地說，是不知道該做何準備。

離開以後，留下的人該如何面對沒有你的世界？該為你悲傷多久後釋懷才是重視你的表現？該留下多少淚來證明對你的思念？

儒家的傳統中，直系親屬辭世須守喪三年，三年內不得出入祭祀場所及他人居所、不得參加婚喪事及過節以及不得剪髮剃鬍，等等禁忌被視為報答直系親屬的恩情，儘管時光變遷，文化變遷的之下將這三年的守喪期限縮到百日，但這習俗仍是流傳至今。

每當有人離去，思念若是不公諸於眾，就彷彿是忘了那人一樣，不能在心中默默想起那些與逝者的回憶，不說出口便會被質疑，沒有浮誇的表現就像是不在乎一樣。

指責別人的人不知道的是，一樣米飼百樣人，有些人面對告別，日常生活上與往常沒有兩樣，但他們在心中藏著腋著，就算心中千瘡百孔，恨不得與人同行共赴終點，只是他們不說，不願昭告天下，不願用世俗的禮節去拘束自己對逝者的想念，俗世的禮節不該規範離世之人，更不該用來約束在世痛苦之人。

不說不笑，不哭不鬧，一切正常，事事皆好，妳離開以後，我一切都好，只是沒有了妳，過的再好，都比不上過去的好。

「生，事之以禮；死，事之以禮。」—論語

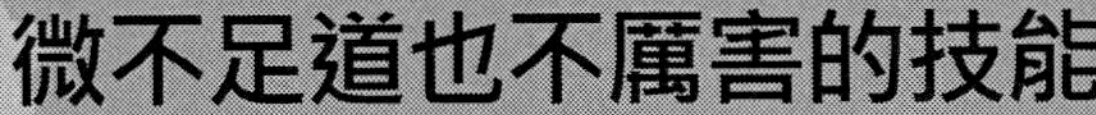

微不足道也不厲害的技能

文：葉櫻

前幾天，在臉書上滑到一則很有意思的貼文，版主在文中分享了自己的能力是「在睡過站前醒來」，並問大家是否也有這種微不足道但很厲害的技能。留言有幾百則，大家的能力都很特別，像是「附近有蟑螂就會起雞皮疙瘩」、「能用筷子把任何東西吃乾淨」、「快要來不及的時候，想搭的車就會誤點」之類的能力。雖然大部分都是微不足道也沒什麼用的技能，但總讓人覺得很有趣，就好像變成了奇幻世界裡，那些各自擁有特殊能力的角色。

其實仔細想想，我也有一些奇妙的能力。首先，是「預知跌倒的能力」。只要腦海裡閃過「啊，我要跌倒了」這句話，下一秒就必定會跌倒。雖然因為準備時間太短，完全無法阻止自己跌倒，但至少還知道要怎樣才不會摔的太慘，也因為有了心理準備而很平靜。

此外，還有「知道自己忘了某東西，但無法補救的能力」。如果在出門前，自己回頭盯著房間看，卻不知道自己在找甚麼，那就代表我的確忘了甚麼東西。遺憾的是，如果相信了這份直覺，就會發現自己甚麼都沒落下，而如果不管這份天啟，抵達目的地時一定就會發現少了東西，實在是個毫無用處的可惡能力。

如果我活在奇幻世界，應該完全無法接到任務委託。不，或許根本就無法成為冒險者，只能當個普通村民，等著被魔物殺掉吧。而且，在逃跑的時候，還會忘記帶裝備，跑到一半還會跌倒。

雖然那種大家都有超能力的世界很有趣，但或許，生活在能把沒用能力當成笑談分享的和平世界，才是最棒的吧？

葉櫻

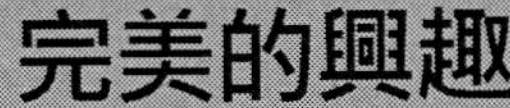

文：葉櫻

在外文系上英文作文課的時候，老師曾經教我們寫履歷跟應徵信的方法。不管是哪個老師，在講到興趣那欄時，都會特別用一張投影片提醒：「千萬不可以寫靜態、被動，或單獨一人就能施行的興趣喔！這樣會讓對方覺得你是一個難合作、被動、內向的人。」那萬一真的沒有那種「好」興趣該怎麼辦？老師提供的解答是：乾脆把興趣整欄刪掉。

第一次聽到這裡，內心的確有點衝擊，想著長大果然是件很累的事。明明興趣應該是無分優劣、不論成果、單純為了快樂而主動去做的事，沒想到竟然也有算計的價值。我平常的興趣，完全屬於那種「不可告人資」的類型，雖然也有一些比較體面的興趣，但也不過是我的「業餘」興趣，如果就這樣寫上去，總覺得好像在騙人。

而且，到底是怎樣的興趣才適合放在履歷表上？這又是由誰來判定的？比如，我覺得角色扮演是個很不錯的興趣，不僅動態、主動、群聚，還結合多方面的技術練習，但如果對方抱持著偏見，或許也還是不行。

會不會真的有人為此培養或學習一個得體的興趣呢？如果真的成功了，在說出「我的興趣是ＸＸ」的時候，自己應該會很驕傲，也會收穫別人欣羨的眼光吧。但我還是提不起勁作這種事。我覺得，只要對自己誠實、能夠從中得到快樂，就是個足夠好的興趣了。如果把這種為了放鬆才作的事，變成必須付出精力拼命練習的事，為了興趣而興趣，那也太痛苦了吧？

或許，對生人或職場來說，興趣是個禁忌話題也不一定。

網購的醍醐味

文：葉櫻

我不排斥網購，也很喜歡逛化妝品、衣服跟食物的網站，對我來說，它們就像美麗的圖畫書，看了總讓人心情很好，但我並不喜歡在網路上購買書以外的東西。老實說，我並不是很信任網購，在這一點上，我似乎比較老派。我總是擔心著尺寸或色差等等的問題，也對修圖存有疑慮，我認為，有些東西還是眼見為憑比較好。

不過，會抱持這種態度，也是因為我曾在網購上吃過苦頭。高中時的某一個午後，因為好奇，便點開了字典網站上的服飾廣告，那是我第一次上女裝網購網站，所以在看到一字排開的精緻照片時，已經大受撼動，在發現全站商品的價位竟然都在五百以下時，更是按捺不住衝動的購物慾望。結果，我花了一個下午，翻遍了網站的每一頁，精心挑選了四、五件洋裝，在訂單成立的那一刻，我高興得就像衣服是免費的一樣。

紙箱送到家裡的那一天，我迫不及待的拿出心心念念的衣飾，卻發現實物非常短，穿在身上就像襯衫，而且質地相當粗糙，不停地搔刮著我的皮膚，低頭仔細看了看，線頭從各處冒出來，顏色似乎也跟網站上的不太一樣。

到頭來，曾讓我悸動不已的衣服，全都壓在了衣櫃深處，附贈的黑長袖外套反而是我唯一會穿的。這就是我唯一一次慘痛的網購經驗。

到現在，我其實也無法理解喜愛在網路購買衣服的人。但搞不好，他們喜歡的其實是這種賭博性也不一定。他們是不是一邊想著這次送來的衣服能穿的機率有多大，一邊愉快地下訂呢？

或許，這就是網購的醍醐味呢。

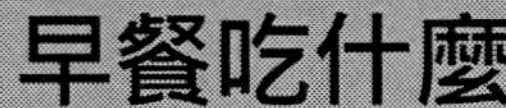

早餐吃什麼

文：葉櫻

小時候父母總不讓我吃早餐店的早餐，因此我對早餐店總抱著浪漫的想像，就像是人魚嚮往著陸地那樣的不切實際。那時我最喜歡看廣告傳單，因為在訂成一本的、五彩繽紛的傳單冊中，總能找到一、兩家早餐店的菜單。我喜歡看著那些當時讓我覺得很繁複花俏的品名，在腦海裡想像實物的樣子。

第一次真正踏入早餐店，坐在裡面正經的用餐，是在我升大學的那個暑假。全國的新生，為了參加新鮮營而聚在一起。孤獨與陌生，催使人們找尋彼此的交集，一發現蛛絲馬跡便黏在一起，當彼此短暫的浮木。同校彷彿通關密語，一下就能破除隔閡，同班過就會直接變成同一國的。我想這就是為什麼，高中同班卻未深交的高中同學，即使已認識了一個同系的新朋友，仍然主動邀我隔天共進早餐。

第二天，我們擠在一張小小的餐桌上，一邊吃飯一邊談話。明明是值得紀念的初體驗，我卻幾乎甚麼都記不得，只記得同學眼神閃亮地宣布，她以後每天都要六點多起床，利用時間磨練自己的畫技；同學的朋友則是基督教徒，誤以為我也是虔誠信徒，一直想跟我談《聖經》。其他的一切，都像是鐵板上熱騰的水氣那樣，完全從我的腦海裡蒸發。我甚至不記得自己點了甚麼來吃，一定是六點多對我來說太早了。

以後我又吃過幾次早餐店，但每一次的經驗都不怎麼愉快。後來終於遲鈍地發現這種店於我不合，便再也不去了。

有時候也會想起熱衷地讀著菜單的自己，覺得有一點可惜。可惜的並不是早餐，而是那時閃閃發亮，堅信一切都十分美妙的心情。

掛電話的最佳時機

文：葉櫻

應該有很多人會直接掛掉推銷電話吧。但我總是提不起勇氣這樣做，除非真的沒有時間，或是心情非常糟糕，否則我通常都會等到對方唸完長長的一串開場白，才在她停頓換氣的空檔時說：「不好意思，我是學生。」明明也知道這根本不需要道歉，卻還是有點唯唯諾諾。

有的推銷員很有禮貌，會先回答「打擾了」或是「不好意思，謝謝」才掛掉，但也有那種一聲不吭，立刻斷線的類型。每次被推銷員掛電話，都會覺得有些生氣——明明剛剛就是為了對方的心情著想，才等她說完，而她竟然就這樣粗魯無禮地把我丟到一邊，開始找尋下一個目標？難道連一點基本的通話禮節都不懂嗎？

等到接過好多推銷電話後，我才後知後覺地開始懷疑，也許對推銷員來說，電話禮節根本是相反的吧？從對方的立場來看，我讓她講了這麼久，卻在她懷抱希望的時候突然告訴她，我根本不是她的目標客群，她會覺得受騙上當、浪費時間跟口水，也一點都不奇怪。

我總想著，若有下一次，就要揪出一個良機打斷她，立刻告訴她找錯人了，節省彼此的時間的同時也算得上禮貌，但她們的語氣總是快到讓人無從下手，所以至今為止，我仍然沒成功過。

最後，我下載了能辨識來電號碼的程式，只要顯示「推銷號碼」便一律不接。雖然有些本末倒置，但沒有開始也就沒有失禮，對彼此都好。

但我還是很想知道，究竟該怎麼回答，才是正確的「銷售電話禮節」呢。

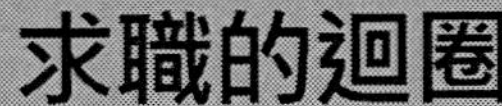

文：葉櫻

最近因為註冊了人力銀行，每天都會收到工作配對的通知郵件。偶爾打開看看，發現大多的工作職位，都在備註欄明定「需要相關經驗」，不禁讓我想起以前看過的那張迷因圖。雇主與求職者之間的對話是這樣的：

求職者說：「我需要一份工作。」

雇主回答：「你要先有經驗。」

求職者有些不滿了，但還是耐著性子說：「但我需要工作才能有經驗。」

「那就工作啊！」

「這就是我在這裡的原因！」

遇到這種無法溝通的求職者，雇主的臉色也越來越難看，於是大喝一聲：「你的經驗呢！」

求職者終於忍不住，站起來掀翻了桌子：「我要怎麼沒工作又獲得經驗！」

雇主氣得站起來，用手指著他大吼：「去工作！」

以局外人的角度來看，這場陷入迴圈的對話相當荒謬，因此讓人莞爾。但若我是個迫切需要工作、剛畢業的新鮮人，充滿鬥志地點開許多職缺的頁面，準備投遞履歷，卻在網頁底下看見「需實務經驗」這行字，鬥志大概都蒸發光了，只剩滿滿的無奈跟哀怨了吧。

雖然明白公司總想要能立即投入實戰的員工，但總覺得這樣少了一點人情味。誰都有第一次，總是要經過新手期的打磨，才能逐漸成為獨當一面的專業人才，難道訂下這些條件的人，當初都沒有經歷過這種惶惑不安嗎？如果甫畢業就順利找到工作，那為什麼要這樣苛求別人呢？

如果大家都能更體諒彼此一點，想起自己以前剛踏入新階段的不安跟侷促，也許不僅能終結這個求職的莫比烏斯環，還能培養出互助合作的認同與情誼也不一定呢。

文：葉櫻

取名字的確是門學問。太平凡的字沒有記憶點，也看不出個性，就只是三千弱水中不起眼的一瓢；特別選些生僻字，看起來卻又太特出了，甚至會像是書中角色的名字，那可就有些彆扭了。就算好不容易組出個賞心悅目的名字，也不能忘記念出聲，別一不小心帶上諧音雙關，讓孩子每被喊一次名字，就臉紅一次。

我挺喜歡自己的名字，但其他人也許不那麼喜歡，因為唸錯第三個字的機率實在有些高──有的粗暴地將懋拆開，選一個部位有邊讀邊；有的唸成相當接近的「卯」；有的則完全不相干，導致叫的人也尷尬，被叫的也不知道究竟該不該應答。

但更大的挑戰是把這字寫出來。以前曾有朋友得意洋洋地跟我說，她終於學會寫我的名字了，當時我只覺得對方傻氣的可愛，現在我才知道，教人寫自己的名字是這麼難。

電話那頭的服務生要我留全名，才算完成餐廳訂位。林是雙木林的林，芸是芸芸眾生的芸，彼此都沒有問題。「那『懋』是哪個呢？」是什麼的懋呢？一個詞都造不出來，再說就算真的造出來，對方也還是不會寫。

「呃，上面是兩個木頭的木，中間夾一個矛盾的矛。然後下面是愛心的心。」

「這樣就沒問題了，謝謝。」對方有禮地掛上電話。我就像災難後的倖存者一樣呼出一口大氣。能聽懂這麼拙劣的解釋，該說感謝的似乎是我這方才對。

大家總是不喜歡被取得太難的名字，總怕唸錯或寫錯會很尷尬，殊不知名字的主人，在被問到唸法與寫法的時候，也總是忐忑不安呢。

文：葉櫻

直到最近，我才發現那些被幼時的自己視為珍寶的食物，只不過是朋友們眼中再普通不過，早已看厭嚐膩的日常——早餐店的早餐是如此，手搖飲料店的品項是如此，而便當店那一個個裝滿炸物的紙盒，也是如此。

上大學之前，便當一直是我心目中的稀有料理。幾乎每天都開伙的家，沒有便當的出場機會，只有在母親去學校上課，而父親懶得煮飯的中午，那些紙盒才能暫且登堂入室。

對小時候的我來說，那是潘朵拉寶盒般的魔法盒子——正方形的紙盒裡面，安放著三種油亮亮的配菜，躺在白飯上的那只雞腿鹹酥油膩，像是引誘著人類跳進熱量地獄的惡魔，就連白飯都染上了醃蘿蔔乾的鹹辣，每一樣都是平常吃不到的重口味。又油又香的便當，對我蒼白的味蕾來說過分刺激，因此特別珍惜，總覺特別好吃，需要一小口一小口地咀嚼。

就連紙盒上標示出口味的那排彩字，我都要讀過幾遍才肯罷休。我喜歡想像那些未曾見過的主菜的長相，並期待著有一天終於能親以舌尖品味。

大學之後餐餐食外，正是大啖夢想食物之刻，偏偏卻提不起勁，所渴望的總是家裡的一碗清湯，或是樸素不過的鹹粥。走進便當店的次數屈指可數，就算真的帶了便當回家，也斷然不買肉，因為那些肉總已冷去，泛著虛浮的油脂，冰涼可厭，根本難以下嚥。

在宿舍打開便當，機械性地慢嚼著微冷的高麗菜葉，恍惚想起從前那份偏執卻早已褪色的喜愛，便困惑起來，一時難以分清，究竟哪個才是真的我。

葉櫻

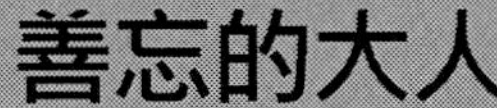

文：葉櫻

昨天在臉書上看見一則貼文。聽說現在還有幼教老師，會以羞辱、打罵、強迫等方式，來逼迫孩子吃下特定食物，甚至還有老師強將嘔吐物塞回他們嘴裡。從底下的留言來看，許多人的童年經驗，也都沉積著相同的厭惡與恐懼。

這是多麼諷刺的事。明明打著飲食教育的旗幟，這種不管不顧的暴力，卻反倒塑造出孩子對這種食材的永恆痛恨。

我的幼稚園老師也是如此，她們是安靜但可怖的陰影。如果不把碗裡的午餐吃完，老師就會坐到你旁邊來，在同學們寧靜睡去的中午，唯有你一個人清醒著，被老師死死盯著，只能在沉默的威壓中艱難地抬起右手，以淚水拌攪那些剩餘的食物，囫圇塞進嘴裡。

幼稚園送我的畢業禮物，不是蒙特梭利教育，不是外籍老師的英文歌曲，而是我對小黃瓜深根蒂固的厭惡。從此我再也吃不下任何小黃瓜，有一陣子甚至連大黃瓜、冬瓜和西瓜都吃不下，因為氣味與小黃瓜實在太像，一聞到便讓人反胃。

人是這樣善忘而奇怪的生物。在那些老師之中，一定也有經歷過這種可怕待遇的人吧，可是一旦長大，便將那份無助與恐懼拋卻了。就算事不關己，孩子也能輕易地共感他人的痛楚，甚至為此落淚低落；而大人卻只是叨念著同理心，其實總難以真正設身處地，甚至還常將軟弱或幼稚的標籤，貼上深陷痛苦之人的背脊。

那些能毫不在乎地吞下任何食物的大人之中，一定有一群是健忘的大人吧。

葉櫻

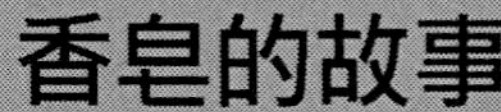

香皂的故事

文：葉櫻

不知不覺中，那塊可愛的、玫瑰色的、六角形的香皂，已經變的破敗不堪了。明明一開始是一塊令人喜愛的精油香皂，現在卻成了一攤慘白的史萊姆，在肥皂盒的角落槁木死灰般地蠕動，不停地從透氣孔掉落，總是把水龍頭弄得黏答答的。有時候還更過分，會顫抖著伸出觸角，把汙穢的自己都黏在另一邊那顆小巧的、嶄新的綠香皂身上。

那顆肥皂是母親放的，因為現在家裡還肯碰這塊香皂的，就只剩下我了。

它已經是一攤爛糊糊的白泥了，連洗手都很勉強，就算好不容易撈起一點兒放在手上，也會因為濕黏冰冷的觸感而忍不住皺起眉頭。之所以堅持繼續用它，並不是出於喜愛——畢竟每次洗手，都會產生和捧著青蛙的公主同樣的感受。

早就不喜歡了，但我還是洗著，只不過是因為它是我買回家的，只不過是為了責任，也許再帶一點義務感和一點點可惜，但那些情感也消磨得差不多了，現在我們只是被習慣綁在一起。

每一次剜起面目全非的它，看著它不停地低落，甚至會惡毒地希望它乾脆再滴多一點好了。快點消失，快點死去，快點結束對彼此的折磨就好了。

但有時候又覺得，這樣太可憐了。

某個禮拜一，它消失了。連肥皂盒也被刷洗乾淨，除了那塊新的、美妙的綠香皂，甚麼都沒有剩下。

我用新的肥皂洗手，那份堅硬的觸感讓我覺得幸福，忍不住露出微笑。抬頭在鏡中看見自己的表情，羞恥地立刻低下頭去。用力地洗著手，卻洗不掉心中難以言喻的疙瘩和自我厭惡。

葉櫻

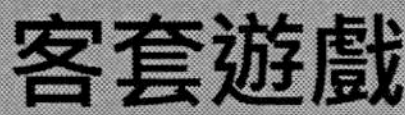

文：葉櫻

人是從甚麼時候開始學會客套的呢？意識到的時候，就已經長到了懂得謙讓跟藏心的年紀，但謙讓跟客套，到底應該還是有些不同。

在我看來，客套是違背本心的壓抑或表演。比如說，餐廳裡偶爾能見到的帳單爭奪戰，大概就是其中最誇張的行動式劇場──好幾個人同時站起來搶著付錢，要不爭奪著帳單，要不就是伺機而動，想將一疊鈔票塞進對方的包包，同時也不能忘記，要以超乎想像的音量大叫著「讓我付錢」，簡直就像是擔心觀眾們聽不到台詞而有意為之的貼心。

我相信，其中一定也有真心想請客的人，但因為性格悲觀，所以總覺得大多數的人都只是作作樣子。然而，這種客套所衍伸出來的問題實在又多又麻煩──被請客的人怎麼知道對方回家不會抱怨自己？請客的人怎麼知道對方真的想讓人買單？到底要用什麼力道、搶回幾次帳單，才是合理的客套？

這種繁複又無用的儀式究竟是從何時建構起來的呢？明明若非出於真心，這種交際方法只會弊大於利，甚至還會傷害自己──試想，見面時戴著笑臉面具假意周旋，回到家就怒斥對方的無禮和厚臉皮，這樣不僅疲累也沒有效率。

我一直都很想要能辨別客套話與真心話的探測器，如果能辨別彼此的推讓跟大方究竟是不是真的，應該就能減少應對的困擾，也不必再胡亂猜心，勉強自己也觸怒他人。

但在這個願望實現之前，幼稚如我，還是只能暗自祈禱，每次聚會時，朋友們都會繼續把帳單放在桌子中央，開始低頭翻找鈔票和零錢，各付各的，少玩點遊戲，多講點真心。

葉櫻

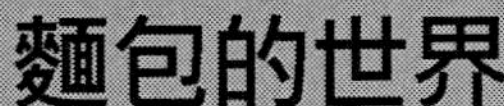

麵包的世界

文：葉櫻

有時候覺得，麵包的世界比人類的更殘酷——黃昏市場裡那些瞪著紅塑膠繩製的風扇的麵包便宜得過分，口味貧乏，裸露著任人掂量，時不時還要忍受蒼蠅的騷擾；便利商店裡的麵包住在乾淨的塑膠袋裡，和同伴一起堆疊在明亮的貨架上等人來尋，但口味和價格終歸難以讓人滿意；咖啡廳和高級麵包坊裡出生的麵包從金湯匙出生，一輩子都住在漂亮的玻璃櫥櫃中，木盤前那張用花體字寫著姓名的名片還燙過金，一張小鈔的身價完全符合行情。

麵包的人生和價值在上架那一刻就被決定了，有時甚至和材料都沒有關係——明明用同樣的材料、出自同樣的工廠，命運卻會因為最終抵達的地方而產生巨大分歧，而這是麵包怎樣努力都改變不了的事實，這樣一想，當一塊麵包實在了無生趣。

曾經問過身邊的人想當怎樣的麵包，而大多數的人都想做高價的華麗麵包，和我們力爭上游、增加身價的價值觀如出一轍。不知道真正的麵包又會怎麼想呢？會討厭廉價的自己嗎？會因此而哭泣嗎？

人們也許會記得僅僅吃過一次的夢幻麵包，然而最終能永遠存留在舌尖上、讓人心心念念的麵包，絕大多數都是那些隨處可見、嚐過千遍的普通滋味吧。

我只是個平凡人，就像是工廠大量製作的麵包，既無花俏的外貌，也沒有超高級的內餡，但每當看見身邊的人因我而歡笑、為我感到幸福，就覺得這樣或許也已然足夠。

這樣想著，就覺得也許麵包的世界並沒有那麼殘酷——如果能因身邊的美好與幸福感到滿足，就不會因他人的評斷覺得自卑或不足了吧。

葉櫻

文：葉櫻

人生不如意事十之八九。從以前到現在，無數的格言和文學都著迷於這種不可避免的悲劇性，將這種缺失描畫得淒美而無奈，但我總覺得，這種充斥在生活中的不可抗力，卻和我們厭煩的瑣事一樣，是一種生活的必要，甚至是一種祝福。

「這也沒辦法啊，因為事情太多了」、「我是很想做啦，但那樣會太累」、「就是沒時間啊」……。這些話都有一定的真實性，因為太疲憊而想要盡情放鬆也相當合理。然而，其實大多數的時候，我們都自知沒有嘴上說的那樣忙碌，而這種不得不發生的悲傷，卻提供了一種安慰，讓人能正大光明地頹廢一會兒。

要是真的想做，無論如何一定都能擠出一點零碎的時間，但就是因為動機沒有那麼強烈，才會把可嘆的現實阻礙當做後盾，心安理得地癱在沙發上滑手機。想想每年長假的景況就能知道，真正按計畫操練的人少之又少，大多數的人只會在假期前夕，因為時間的稍縱即逝而吃驚地跳起，並因為明白意識到自己浪費了許多時間而感到罪惡。

這樣一想，不完美的生活、忙碌的日子也頓時可愛了起來。試想，要是有個人從裡到外都完美無缺，生活和工作也一帆風順，那他一定會不停地像流星那樣，燃燒自己直到殆盡吧。就算想要偷懶、想要不事生產，也會因為浪費時間和才能而被責怪，那樣就太可憐了。

生活中的無奈和乏味都是隱秘的祝福。這樣想著，我開心地送出稿件，關上電腦，心安理得地拿起桌邊的手機。

葉櫻

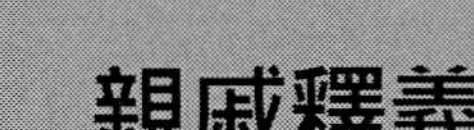

親戚釋義

文：葉櫻

親戚的戚做「親屬」解的時候：泛指因血緣而產生羈絆，團結一心的可靠夥伴。例：「出門旅遊時，在流連觀光禮品店時率先浮上心頭的身影」、「發生急難時只要一通電話，就會立刻趕至的援軍」、「所有權和彼此的界線已被親情模糊，能毫不顧忌地往來彼此家中，傾吐煩惱，將對方的事視為自己的事之人」、「有事同擔，有福共享，雖然名義上是旁系，實際上卻等同至親的人」。

例句：親暱卻不隨便，重情分又不會依恃關係佔便宜，這樣的親戚，是大家夢想中的親戚。

親戚的戚做「憂傷、哀愁」解的時候：泛指一年見一次的冒失鬼。例：「在和樂融融地圍著圓桌共享年夜飯時，一馬當先地將烏魚子、海參、鮑魚等高貴食材一網打盡，期間還帶著滿面笑容，不停丟出十條以上刺探感情、工作、學業等隱私的問題，使人頓失食慾的女性」、「高談闊論以為自己甚麼都懂，但其實講出的話錯誤連篇，炫耀今年出國到某地玩了幾次，卻只能拿出三百元廉價糖果禮盒的男人」、「逕自來拜訪，也逕自闖入主人房間，亂碰櫃子上的擺飾，弄壞之後大聲啼哭，等著父母用『反正都是親戚』一語勾銷的小孩」、「重男輕女，一輩子用性別和長幼來分配關愛和錢財的老者」。

例句：想到自己也是親戚眼中的親戚，不由得就擔心起自己在他們眼裡，到底是哪一種親戚。

葉櫻

感覺生活

文：葉櫻

每當完成了一項工作，或是結束大考之後，我大多會在回宿舍的路上，繞進宿舍樓下的那間星巴克，要一杯當季限定、口味花俏的飲料，作為給自己的犒賞。到手的飲料層層疊疊，由碎糖、雲朵般的鮮奶油、咖啡與牛奶，以及底下沉澱的風味糖漿組成。每一口都甜得發膩，完全喝不出淹沒在華麗糖份中的特選咖啡，究竟具有怎樣的風味。

我不喜歡吃甜，舌頭也笨，總無法頓悟官網上列出的那些幽微風味。每一杯精緻漂亮的星巴克，對我來說卻都只是單調的甜味，有時甚至發起膩來，必須加點鮮奶才能入口。

但我仍然買著，拿在手上像是捧著珍寶，總是不自禁地高興起來，像終於得償願望的小孩。

因為我並不是為了味道才買星巴克的。如果是為了咖啡，那我會選擇咖啡店或超商的樸素拿鐵，但我是為了獎賞自己，而星巴克只不過是被我賦予獨特和快樂的客體。當我拿到僅此一家的花俏飲料，我從中得到的是「完成了某事的放縱快樂」，我喜歡的是飲料被自己賦予的價值，而和星巴克無甚關係——它只不過是我最容易取得的投射，從來都不必非得是它不可。

我攝取的是自己投射的喜悅。這聽起來或許有些自欺欺人，甚至愚昧又鋪張，但大多數的時候，我們所喜悅、相信、依賴、耽溺的，無非就是我們為事物貼上的空泛價值，因此我們會為了得到某物而滿足，也會因為擁有某物而提升自信。

或許生活中大多數的幸福，都是人用自我暗示與催眠得到的，也說不一定呢。

雪倫湖

第一篇

The Night Is Still Young

文：雪倫湖

今晚夜色很美，星星和月亮一起閃耀著。

你沒出國前，我們最喜歡坐在戶外咖啡廳，看著星空，在人海中。

想起此刻在美國的你，是否也在品嘗屬於我們喜愛的夜晚。喔，不，你那邊現在應該是白天。連最簡單的分享，我們都無法同時進行，突然一陣心酸。

相愛的人，不一定能在一起，有很多原因。然而，除了不可抗拒的原因之外，如果是因為人為因素，實屬可惜。

你決定出國唸書，我沒辦法跟隨，因為對於未來的規劃，我希望按部就班，出國不是一兩個月，不是半年幾個月，單位是以「年」計算。因此，經過深思熟慮，我始終無法答應。

溝通、爭論、爭辯、爭吵、爭鋒相對、各執一詞，到冷戰分手。當溝通變成單向溝通，而不是雙向溝通，結果就註定無法達成協議。

我們已經半年多沒聯繫了，我擔心會變成一年，甚至永遠。

已經兩點多了，我卻無法入睡，從來沒失眠的我，從你出國後，卻失眠了好幾次。

The night is still young...手機鈴聲突然響起。

打破這寂靜的夜晚，頓時讓我從回憶中清醒。

「嗨！」耳邊傳來熟悉的聲音。

「嗨！」我聲音微顫，但內心雀躍不已。

「我放假了，為了想見你，我提前買好機票，放假隔天就搭機回來了。你呢？」

「我也想你。」一切的難過，因為一通電話，全拋到九霄雲外。

今晚，是失眠夜，卻也是不眠之夜。

雪倫湖

第二篇

長髮

文：雪倫湖

剪髮，是剪掉牽掛和羈絆，還是剪不斷，理還亂？

讀書時，雲絮的同學江詩突然將一頭烏黑亮麗的頭髮剪短了，加上她哭紅的雙眼和無精打采的模樣，大家推測，她應該是失戀了。某些兩性專家說過，女孩如果突然將長髮突然剪短，其中一個最有可能的原因是分手。對於這種說法，雲絮無法理解，甚至有點嗤之以鼻。長髮為君剪，問題是，對方值得你如此做嗎？當你留在原地哭泣，對方或許早已開始一段新的戀情。所以，剪髮這種呆事，何苦來哉呢？

今晚，雲絮把留了幾年的長髮剪了。

距離當年她的青蔥歲月，已經十年了。

未料，當年覺得可笑的行為，如今，她卻重蹈覆轍。

她從來就不喜歡留長髮，留長髮的原因是男友喜歡。

今天是情人節，男友說公司加班，沒辦法陪她，會再補償。她向來明理，比起吃飯，工作自然更重要，所以心裡雖然有點不開心，仍然體諒。當她一人百無聊賴地走在繁華都市裡，走到了一家餐廳外面，從窗戶望進去，一張熟悉不過的臉映入眼簾，男友和他傳過曖昧的女性友人正面對面吃燭光晚餐。男友竟然餵了對方吃飯，下秒，女子親暱的摸了摸男友的臉。

一向自詡理性的雲絮，理智剎那間斷了線，一下子衝進了餐廳。

看著男友驚嚇的反應和女子驚慌的態度，雲絮了然於心，憤怒之下打了男友一巴掌，瀟灑離去。

然後，彷彿著了魔一樣，剪掉了一頭長髮。

回到家時，已經快十一點。

沒想到，感情出現問題時，她也世俗地選擇剪掉長髮、剪掉眷戀、剪斷過往、剪掉一地的曾經、剪斷寸寸的光陰。

雲絮狼狽又疲倦的坐在沙發上。

今晚，她注定無眠。

明天，希望又是嶄新的一天。

雪倫湖

第三篇

壞話

文：雪倫湖

讀書時，老師總說要真心待人，幫助別人，不要顛唇簸舌，搬弄是非。然而，真誠似乎不見得會得到正面的回報，你不道人長短，不代表別人會「口」下留情。尤其當彼此之間存在利益關係。

楚琪第一次嚴重失眠，是在大學四年級時。

她大學最好的朋友曉淑，在她背後說她的壞話，表情神采飛揚，讓她難以理解。

如果不是親耳聽到，楚琪絕對不會相信，這些話真的是從她嘴裡說出來。

「楚琪其實有點負面，常常喜歡抱怨別人，老對我說其他人的不是，我都快受不了。」

「會嗎？她看起來人很爽朗啊？」老高疑惑問道。

曉淑冷哼一聲，「其實她也可憐，為了怕你們排擠她吧，把真正的一面隱藏起來。」

楚琪沒聽完後面的話，氣呼呼地離開。

當晚，她失眠了，反省著她到底哪裡做錯，或是得罪了對方，讓最好的朋友在背後批評自己，甚至是編造謊言。

後來，楚琪經由別人口中得知，曉淑暗戀自己男友布萊德，因此心中五味雜陳，每次看到楚琪，都難免嫉妒，但為了能透過楚琪和布萊德見面，還是繼續和楚琪當好朋友。

後來，兩人再也沒連繫。

這件事情對楚琪打擊很大，然而，也因為這次的打擊，讓她後來出社會時，對於人際關係，多留了心眼。

開始工作後，面對的人更多元化，彼此之間的關係更複雜，很多事情不是非黑即白，中間是有灰色地帶。因此，她失眠的次數多了，煩惱更難解決。不過隨著時間推移，她變得堅強，相對的，難以入眠的次數，也變少了。

今晚，她突然又失眠了，因為她想起曾經得好友曉淑。

今天晚上，她和同事逛街時，看到曉淑，一臉憔悴滄桑，被旁邊的男子臭罵著。

「老公，這裡人多，回家再講。」曉淑拉了拉男子，卑微地說道。

楚琪看了她一眼，心中湧出同情，她沒跟曉淑打招呼，讓她保留一點尊嚴。

當年如果和曉淑面對面好好聊一聊，兩人之間是不是能說清楚，還能繼續保持友誼。可惜，物換星移，假設永遠都是假設。

就像當年兩個青春洋溢的少女，多年後，兩人走向不同的道路。

Who knows?!

雪倫湖

第四篇

鄰居(上)

文：雪倫湖

遠親不如近鄰。

好的鄰居，讓人倍感溫馨和富有人情味。但是，如果這位近鄰，表現出的行為讓人覺得不舒服，這句話反而變得有點諷刺，而且是種壓力。

莫律剛搬到新套房，雖然房租比較貴，但這個社區交通便利，生活機能強，離公司近，因此莫律考慮再三後，還是咬牙搬到這裡。

幾天下來，他發現鄰居都很友善親切。然而，有一位鄰居卻友善到讓他有點「吃不消」，造成他的困擾。

這位怪奇的鄰居叫做楊姐，住在她對面。第一次見到她時是在等電梯時，墨律出於禮貌，跟她點點頭，並打了聲招呼。

對方冷淡地看了他一眼，並未多做交談。

幾天後，她突然前來按門鈴，而且是在晚上十一點的時候。

「你好，我是楊姐啦，這是我剛做好的蛋糕，請你吃。」

莫律有點傻眼，這個時候來拜訪，只是為了想請他吃蛋糕。

出於禮貌，他堆出微笑接受對方的好意。

讓他不解的是，對方前幾天的淡漠，和今天的熱情，簡直判若兩人。

兩天後，莫律再次遇到楊姐，他開口向她道謝。

對方聽完後，非常開心，說道：「你喜歡吃，我可以天天做給你吃。」

莫律連忙拒絕說道：「倒也不必如此。我現在正在健身，不能吃太多甜食。但是，還是謝謝妳的好意。」

隔天七點多時，楊姐又出現了，這次是帶來楊州炒飯。

莫律再三拒絕未果，只能收下炒飯。

週末時，莫律計畫睡到自然醒，結果，楊姊又出現了，這次帶來的是醬油拉麵。

不得不說，這位楊姐的手藝的確很高超，但是三不五時拿食物過來，而且從不看時間，讓莫律覺得隱私受到干擾。

莫律覺得自己應該要禮尚往來，所以買了禮盒送給楊姐，並趁此次機會跟對方說清楚，以後請不必再送食物過來。

對方本來眉開眼笑收過禮盒，聽完後頓時變得十分暴躁，大力將門關起來。

莫律微怒，但覺得或許這樣的關係，才能和對方劃清界線，保持距離。

想想，今天應該可以好好睡一 覺，不會因為擔心半夜的門鈴聲，而失眠了。

然而，事與願違。

雪倫湖

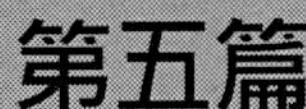

第五篇

鄰居(下)

文：雪倫湖

陰雨綿綿。

經過上次被楊姐用「門」問候之後，楊姐好像真的消失一樣，沒有再以食物前來敦親睦鄰。

莫律看著下了一早上的雨，看來短時間不會停了，他拿把雨傘，想出門覓食，開門後，他不禁倒抽了一口氣。熟悉的人物又出現在眼前，楊姐竟然渾身濕透，手上提了一個便當，站在他門口發呆，一副悵然若失的樣子，讓他嚇了一跳。

楊姐見到他，也大吃一驚，把便當遞給他後，急忙跑走。

留下一臉錯愕的他。

接下來一星期，對方沒再來敲門或按門鈴。

好景不長，兩星期後，楊姐好像失憶一般，又若無其事地來按鈴啦。而且，這次更離譜，是在午夜十二點時。

莫律看了看貓眼，看到楊姐後，十分憤怒，這種行為已經讓他不堪其擾。

跟管理員打聽後，莫律才知道楊姐原來是個可憐人，她原本內向溫和，再未婚夫移情別戀後，大受打擊，變得古怪，喜怒哀樂都很誇張，但是她並沒有傷害別人，大家不會主動和她打招呼，所以相安無事。

或許，因為之前莫律對她親切的問候，讓她產生幻想，所以才會常常透過食物，想和他攀談。莫律有幾次透過貓眼，看見楊姐就面無表情站在他門外，讓他有點背脊發涼。

晚上，莫律雖然很累，可是卻翻來覆去睡不著。

楊姐的行為，已經造成他的困擾，每到夜晚，他就有點精神衰弱，怕對方來按門鈴。

莫律看了看表，凌晨一點半。

正當他因失眠無法入睡時，門鈴突然響了。

寂靜無聲的夜晚，聲音更加駭人也更加淒厲。

看來，他可能要開始再找新住所了。

雪倫湖

第六篇

赴約

文：雪倫湖

亞曼達今晚失眠了。

都怪那個算命老師。

下班後她前往捷運站時，突然被算命先生叫住，說她氣色不好，最近可能會有煩人的事情纏身。

亞曼達是個頗相信算命的人，聽完後，心中不免忐忑。

加上她近來的確運勢不太好，被算命先生一說，更加確信。

心煩意亂之下，她包了個紅包，希望對方指點迷津。

現在，已經半夜三點，她竟然毫無睡意。

因為算命先生表示這幾天，有個闊別已久的密友會突然出現。

亞曼達竟然有點期待，該不會是「他」吧？

喬瑟夫，她曾經暗戀過一年的對象。

沒想到，竟然一語成讖，兩天後，她竟然在捷運站遇到喬瑟夫。

喬瑟夫依然帥氣，或許經過社會洗禮，人變得成熟許多，也油條許多。但是這些都無妨，不妨礙她對他的好感。

亞曼達感覺到喬瑟夫對她似乎也有意思，每天都打電話來噓寒問暖，邀約出門吃晚餐。如果不是因為這幾天都在加班，亞曼達早就飛也似地赴這場約了。

「哼，那個算命先生根本不準。什麼運勢不好，不但很好，還飛來桃花呢！」亞曼達在心中嘀咕並雀躍著。

在喬瑟夫第五次開口想要一起吃飯時，亞曼達終找到時間赴約。她精心打扮，穿上她最愛的高級洋裝，畫上最精緻的妝容，開心地前往餐廳。

當暗戀成真，這是她想都不敢想的言情小說情節。

然而，情節果然如小說般起承轉合，只是不是愛情小說，而是「紀實作品」。

原來，喬瑟夫這麼熱情地邀約吃飯，不是因為對亞曼達有好感，而是對她的「價值」產生興趣。喬瑟夫希望亞曼達能念在大家是朋友一場，幫他完成幾份保險。

晚餐後，亞曼達既失落又失望，原本充滿期待又熱切的心，彷彿被潑了冷水般，如落湯雞一般。

這幾天因幻想而失眠的情形，今天應該可以不藥而癒了。

亞曼達望著皎潔的明月，苦澀一笑。

雪倫湖

第七篇

綠帽

文：雪倫湖

再次遇到閔琪，是在分手後的第三十天。

那天，他鼓起勇氣，再度到《好味》吃晚餐，這間是他和閔琪交往時，經常光顧的餐廳。即使分手後，有段時間他不敢再次光臨，因為他觸景傷情。但是，有人說時間是最好的療傷藥劑，一個月後，他又來到這間熟悉的餐廳，原因是因為美味便宜，然而最大的原因是，他想感受到閔琪似乎還在他身邊的錯覺。

這幾天，他無數沙盤演練，如果再次遇到閔琪，該如何泰然自若打招呼，不讓對方看出來他心裡還有「她」的一席之地。

當初，是閔琪主動提分手，原因是她覺得兩人觀念不和，不過他心中清楚，兩人之間應該出現第三者，只是他沒有證據，所有的資訊，都是認識的朋友，跑向他提醒。

與其說是證據，不如說是捕風捉影。

分手的第一星期，他像個廢人似的，跟公司請了兩天假，在家足不出戶，或許是過度悲傷，一點饑餓感都沒有。

只喝水和「品嘗回憶」度過兩天。

第三天上班時，同事嚇了一跳，以為他遭遇重大事故，整個人頹廢不已，鬍子沒刮，衣服皺巴巴。當他望著鏡子前的自己，卻毫無感覺。

昨天，他剛在《好味》前停好車，卻驚訝地看到閔琪挽著一名男子，舉止親密地從餐廳裡面走出來，兩人有說有笑，曖昧甜蜜。他心中清楚，空穴果然無法來風，他真的被「綠」了。

這幾天大家對他的安慰和勸告，效果遠不如他親眼見到這一幕，宛如當頭棒喝，他頓時清醒了。

當他痛徹心扉時，對方卻是歡欣鼓舞。

當他失眠夜夜時，對方卻是好夢連連。

或許他的心依然會痛，但他知道——

起碼今晚他不會再失眠了。

雪倫湖

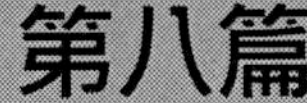

第八篇

萍水相逢嗎？

文：雪倫湖

杜珞是個開朗活潑的女孩。

從小到大很少失眠，然而，她這週失眠的次數，可能勝過以往。這一星期內，她幾乎天天失眠，都是因為周非這個男人。兩人的相遇，彷彿電影情節，搭機時認識，相談甚歡，互相留下聯繫方式，漸漸變成無話不談的好友。

雖然周非從來沒有向她表白過，但是一星期兩次以上的見面，各種節日的時互贈禮物，體貼的關懷和曖昧不明的對話，讓她認為兩人不僅僅是「朋友」罷了。

杜珞是喜歡周非的，否則她不會常常和他出門，花很多時間和他談夢想、話家常、論觀念和暢談未來。

但是周非的想法呢？

雖然周非從沒說過「喜歡妳」，然而杜珞相信，周非對自己也有一定程度的喜愛，否則不會花時間在她身上。杜珞決定在她生日時，確認這個答案。

上星期六周非幫杜珞慶生，她鼓起勇氣，向周非暗示和明示的表白自己感情，將兩人之間幾乎透明的那層紙掀開，沒想到結果竟是如此「不堪一擊」。

周非只是一派溫柔淺笑，用最帥氣的表情，最深情的聲音，說出最殘忍的話語：「今天是愚人節嗎？真的假的，嚇我一跳，妳怎麼可能喜歡我。如果妳還當我是朋友，別再拿感情當哏了。」

杜珞平靜地說道：「你知道不是。愚人節在四月，北海道現在都下雪，溫哥華的楓葉也都飄了一地。」

我的心也一樣。

周非點點頭，「這種向我告白的玩笑別再開了，好嗎？」

「我不是開玩笑。」杜珞解釋。

「抱歉，那我們可能要先劃清界線。喔，對了，今天我還有點事情，先走了。生日快樂，杜珞。」

那天，周非離開了餐廳，再也沒和杜珞聯繫。

從那天起，她幾乎天天失眠。

在失眠累積到第十次後，杜珞決定，不管結果如何，她想知道原因。

如果周非對她沒有任何好感，不可能和她發展到現在的關係。

她決定，明天，她主動打電話給周非。

有了答案，她才能跨過心裡的那道坎。

也才能揮別失眠的困境。

失眠的夜

雪倫湖

第九篇

默

文：雪倫湖

一個人一生中，可能只會愛上某一個人，也可能會愛上很多人。然而，一輩子當中，是否有一個名字，只要在心中默念，就能感受到甜蜜無比，抑或深沉難忘。

你或許能和他白頭偕老，你或許能和他共渡此生，你或許只和他萍水相逢，你或許能和他擁有無數回憶。在許多的可能中，有一個共同點，就是「感情」。

不管曾經滄海或是一生一世，這中間都摻雜了感情。

悅梓很久沒失眠了，但是今天，她沒喝咖啡，沒喝茶，卻一直無法入眠。明明疲累不堪，數了一千隻羊，依然毫無睡意。

她一直忘不了初戀男友偉風。

兩人分手已經三年了，原以為已從記憶中抹去，卻發現植物性神經騙不了人。這幾年的偽裝堅強，在今天再次見到他時，全部潰堤，果然她還是忘不了他。

偉風身邊有個長相清秀的女孩，兩人互動親密，牽手逛街，兩人關係無須多加言語， 昭然若揭。

當初分手的原因很幼稚，兩人為了芝麻綠豆大的小事吵架，悅梓再次脫口而出提了「分手」，氣頭上的偉風，也脫口答應。以往的經驗，第二天偉風就會來求和，然後兩人依舊甜甜蜜蜜，然而這次，悅梓錯判形勢，偉風沒有再次低頭。

偉風沒來道歉，兩人持續冷戰了一陣子，等到悅梓開始被思念所困，她主動找偉風道歉，然而，為時已晚。

「當妳一而再，再而三用分手恫嚇我，妳就是不尊重我們之間的感情。」

這是偉風當初對她說的話，很重，很難忘，也很中肯。

感情，不是拿來當談判的籌碼，不是輕描淡寫就能分手，而是需要小心呵護。

後來，悅梓終於明白，不過，物是人非。

失眠了一晚，黎明將至，她希望能振作精神，朝著陽光燦爛的未來前進。

第十篇

後來的我們

文：雪倫湖

咖啡廳正播放著五月天的歌曲《後來的我們》。

理卉坐在咖啡廳，喝著最愛的愛爾蘭咖啡，當聽到這首歌時，頓時陷入無盡的回憶。往事一幕幕，突然在腦海中盤旋。

窗外艷陽高照，她的心卻在下雨。

這首歌是她和男友最愛的一首歌。

當初聽到這首歌時，覺得歌詞寫得讓人刻苦銘心又心痛不已，理卉隨口說道：「我們絕對不要變成這樣。」

男友聽完後，只是寵溺一笑：「不會，後來的我們，還是會跟現在一樣，相愛相惜。」

這個回答，讓理卉開心好久，她相信他講這句話時，絕對出自一片真心。

在那一秒，在那當下，在那時刻，在那一瞬間。

只是，這句甜蜜的誓言猶言在耳，他卻已經不再是當初的他了。

當男友提出分手時，她淚流滿面，整個腦子轟轟作響，無法思考，只是不停的喃喃自語：「為什麼？為什麼？為什麼？」

兩人觀念契合、興趣相投，也鮮少吵架，沒有理由分開，除非——

有第三者介入。

這是她唯一能想到的答案，未經思考下，她脫口而出問道：「你……是不是幹了對不起我的事？是不是有了第三者？告訴我真正的答案。」

男友一臉驚訝，不過，思考了幾秒後，隨即點點頭，坦承不諱。

理卉當時太難過，以至於忽略了他這個不尋常的反應。

太不合理。

太不自然了。

多年後，理卉才知道，真正介入他們的第三者是：

癌症。

多老套又可笑的答案，彷彿是為悲劇而悲劇的電影，卻真實的在人生上演。

他覺得讓理卉恨他，勝過為了懷念他而哭泣。恨總比愛容易遺忘，她的人生才會過得更好，所以瞞著她。直到其中一位朋友忍不住告訴理卉，理卉才知道糾結和不解，都有了原因。

只是，為時已晚。

後來的我們，只有我，和充滿情感的回憶。

《後來的我們》這首歌，陪伴著理卉，度過無數次失眠的夜晚。

讓她的眼淚，有了收藏的歸處。

雪倫湖

第十一篇

閣樓（一）

文：雪倫湖

蘇菲因為工作關係，最近剛搬到新的租處。

由於時間倉促，沒有充裕的時間看房，因此她只要求交通方便、舒適、租金不貴即可。

這間房子外觀雖然有點年紀，但是內部裝潢古典，再加上機能性良好，交通方便，附近不遠處就有超市、銀行、餐廳、商店等等，況且租金合理，房東親切，更重要離公司不遠，沒有理由不租。

更重要的是，蘇菲看到這間房子第一眼，就莫名覺得喜愛。

簽完約後，房東再三交代嚴肅的交代：「切記，上鎖閣樓，請勿打開。」

蘇菲雖然覺得好奇，不過她也沒有打開的興趣，而且門上了鎖，她不會無聊到請鎖匠到家裡開鎖吧。

蘇菲滿意，但是來過她租屋處的同事，卻覺得渾身不自在，又不敢明說。住了半個月後，蘇菲發現她每天都使用的梳子不見了，找了許久都找不到，她只好安慰自己，反正不是什麼昂貴物品。

一個月後，她發現昨晚寫好放在桌上的卡片，竟然莫名其妙不翼而飛，這讓她有點疑惑和恐懼。畢竟，沒有小偷只偷梳子和卡片吧。

直到她的手機也消失不見，她在屋內四處尋找，因為一小時她還跟同事聊天，因為非常確定手機一定在屋內。當她不知不覺走閣樓前時，看到那張之前寫好的卡片，正放在閣樓的梯子上。

這下子，她無法再自我催眠，一切都是因為自己粗心大意。

畢竟，她這兩三星期，她謹記房東的話，沒來過這個地方。

卡片沒長腳，也沒長翅膀，不會自己飛來吧。

正當她揣踹不安時，她看到了更讓她訝異的物品。

她看到角落處那支她遍尋不著梳子，。

她寒毛直立，啞然無聲。

這一切，究竟是怎麼回事呢？

雪倫湖

第十二篇

閣樓（二）

文：雪倫湖

蘇菲在新租賃的房子中，發現有些東西憑空消失。她無意間走到房東交代不能進入的閣樓，赫然發現，她不見的梳子和卡片，遠在天邊近在眼前。

蘇菲寒毛直立，想馬上離開這個地方。正當她腦中浮現這個想法時，另一個想法卻讓她不得不留下：或許手機可能也會出現在這裡。

突然，她聽到熟悉的手機聲，從上鎖的閣樓內傳來，平常喜歡的音樂鈴聲，此時卻顯然異常詭異。蘇菲再三確認，她的手機就在閣樓內。然而，蘇菲更確定的是，她沒有勇氣獨自進入。

更讓她驚嚇的是，她看到閣樓上的喇叭鎖，突然開始轉動。二話不說，她拔腿往下衝，撞到迎面而來的房東。

「我不是說不要接近閣樓嗎？妳為何不聽？」房東氣急敗壞地說道。

「我也不想來此，還不是因為手機不見了，找著找著發現它就在閣樓內。」蘇菲也火了。

這房東明明隱瞞她一些事，卻還先聲奪人。

「什麼？」房東一臉驚恐又欲言又止。

「如果妳今天不跟我說實話，我現在就報警。」蘇菲說道。

蘇菲用堅定地眼神和果斷地氣勢望著房東，對方突然嘆了一口氣。

「好，我跟妳坦白。但是，希望妳要替我保密。」

「放心，我不是大嘴巴。」

「其實，住閣樓的是我小兒子，他因為一年前得了怪病，所以外表和一般人不一樣。嚴格來說，是很奇怪。不知道為何，他很喜歡這間閣樓，因此不肯搬走。他答應我只要妳在時，他就不會走出閣樓。老實說，我是因為擔心妳看到他時會害怕，所以沒跟妳坦白。」

「重點是他是男的，我之前有提到我喜歡獨居，即使有室友，也是女性。總之，我要搬走，請把押金退還給我。對了，還有我的手機還在裡面。」蘇菲一分鐘都不想待在這裡，只想趕快離開此處。

「蘇菲，他的個性很古怪，我恐怕無法拿回來妳的手機。這樣吧，手機的錢我賠給妳，可以嗎？

無可奈何之下，蘇菲妥協了。

房東將錢交給蘇菲，並向她道歉。

房東太太的故事沒有說完，那就是她口中的小兒子，其實兩個月前就已經往生。

蘇菲可能因為這件意外插曲而在夜裡失眠，但如果知道真相，恐怕不是失眠而已。

不知道故事結局對蘇菲而言反而是好事。

不是嗎？

雪倫湖

第十三篇

前任

文：雪倫湖

「喂？」歐陽純有點不耐煩的接起電話。

這支陌生號碼已來電多次，不留言，不留訊息，只是不停地打來。

「歐陽，最近好嗎？」這熟悉的嗓音，這熟悉的語調，歐陽純永遠忘不了，這是當初因為歐陽純「工作沒願景、薪水沒驚喜」，而選擇離開他的前男友尹楷司。

「我很好。」歐陽純特意冷淡地說道。

「我不好。」尹楷司故作可憐地說道。

歐陽純嘲諷一笑，對於這個利益至上的前任，過得不好的最大原因，可能是因為現任女友的條件配不上他了吧？所以，他「又」想理智地斷開情感。

就像當初他對她做過的冷酷行為。

見歐陽純不語，尹楷司繼續說道：「聽說，妳交了一個新男友？」

兩人之間的朋友有交集，壞處真不少，個人生活都會被對方知道。

「聽說？聽誰說？我男友對我很好，不勞費心。」歐陽純壓抑內心的激動，假裝若無其事地回應。

明明兩人已分手，明知對方很現實，歐陽純再次聽到他的聲音，情緒依然忍不住受到波動。

「不要意氣用事，我還不理解妳嗎？我只想知道妳過得好不好，當初我們其實沒有真正的分手，所以，我希望妳不要背負劈腿的負罪感。」尹楷司假意關懷，卻句句讓人心寒。

提分手的是他，輕描淡寫地把罪過推給歐陽純的，也是他。

「你的記憶退化這麼嚴重嗎？還是，你推卸責任的功力變得爐火純青？想當初是你執意提分手，不管我的想法，就毫不留情揮揮衣袖瀟灑離開。所以，我們分手分得乾乾淨淨，明明白白。」歐陽純忍俊不住，一股腦地將心中的想法脫口而出。

「妳……」沒想到歐陽純的口才變得如此之好，當初和他在一起的小女人，終究還是變了。

「我？我還有事，就不跟你敘舊了。」語畢，歐陽純不假思索地掛斷電話。

然而，歐陽純還是忍不住傷了心。

以為前任不會再讓自己心中掀起波瀾，才發現原來，他的一言一行，多少還是牽動著她。

今晚，她可能會再次失眠。

不是為了感情，不是為了過往，而是為了自己終於能徹底的忘掉——

前任。

雪倫湖

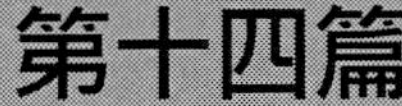

第十四篇

詐騙

文：雪倫湖

今晚，月明星稀，十分清朗。

璽良卻無法入眠，失眠的原因，就是因為「它」。

下午的時候，璽良接到一通電話。

過程就和新聞常常報導的詐騙手法之一。

但是，或許因為頭痛，或許因為情傷，讓璽良無法冷靜思考。所以，他竟然像是個小學生，聽著老師的指揮行事，等他把錢轉出去後，看了看戶頭的餘額，突然發現：他被詐騙了。

報了警，但是拿回全部的錢的機率，少之又少。

璽良想到此，難掩心中沮喪。

戶頭裡的錢是他存了多年的積蓄中的一半左右，不到幾分鐘，竟然全部拱手讓人。

璽良喝了一口酒。

他想起從小到大，他因為少根筋，犯了多少不該犯的錯。雖然大部分都是小事情，無傷大雅。但是，他內心深處，卻藏有幾個秘密。

幾年前，姊姊璽碧和男朋友孝元剛交往沒多久。璽碧非常喜歡她，因此交往不久之後，就邀請對方來家裡。

孝元到家時，因為提前來訪，璽碧已經出門買飲料，因此璽良和孝元聊了一下天。雖然短短幾分鐘，璽良卻無意見透露姊姊的幾任男朋友，有的分手仍然有往來，以及璽碧和前男友最近還一起共度晚餐等等。

結果，孝元臉色一陣青一陣白，未等璽碧回家，就匆匆告辭。

璽良不明所以，只好告訴璽碧說孝元有事先行離開了。

孝元或許心中有芥蒂，這件事發生不到幾天，兩人戀情就告吹了。

當時，璽良隱隱約約知道是因為自己神經大條，說了不該說的話，卻不敢承認，也不想承擔破壞璽碧戀情的責任。

此外，還有幾件因為他失言而發生負面結果之事。

不知為何，這些藏在心中的苦澀，在今天一一想起。

或許因為被詐騙，或許因為心情低落，讓璽良千頭萬緒，湧上心頭吧。

牆上時鐘指著三點半，他卻全無睡意。

今晚，他失眠了。

為了自己的愚蠢。

也為了因為愚蠢而傷害過的人。

雪倫湖

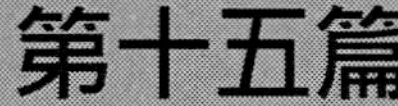

第十五篇

失眠的夜

文：雪倫湖

漫漫長夜，輾轉難眠，即使感到疲倦不堪，依舊無法入眠。

很多人都曾有這樣的經驗，嘗試過許多方法，仍然無解。

金蒂芬從小就是易睡體質，不曾體會過失眠的痛苦。

旅行時，有個失眠的同學溫妮，翻來覆去睡不著。

不論是看書、聽歌、運動、看電視，都無法讓她睡著，金蒂芬當初還覺得匪夷所思，睡覺這件事，如此輕而易舉，不是嗎？

然而，今天金蒂芬失眠了。

生平第一次，她體會到失眠之痛。

會失眠的原因，心中有數。

今天回家的路上，她看到男友麥克摟著一個長髮辣妹，兩人舉止親暱，歡聲笑語。當金蒂芬想向前詢問時，他們已經搭車離開了。

當下，她馬上撥打男友的手機。

「你現在在忙嗎？」 金蒂芬故意問道。

「和客戶開會，很忙，先掛了。」男友敷衍地掛掉電話。

金蒂芬晚餐沒有胃口，即使飢腸轆轆，卻一口都吃不下。

一個晚上她渾渾噩噩，直到半夜，她還思索不出原因。但是，心中有個聲音告訴她：男友劈腿了。

該不該再打給他呢？

他會接電話嗎？

該原諒他嗎？

會不會是誤會呢？

整個晚上，金蒂芬一直在這幾個問題中思考，彷彿漩渦一樣，無法逃離。

等到她真正疲倦時，已經是日上三竿。

原來失眠這麼痛苦，她終於能夠體會其他人的痛苦。

為了解決這個問題，金蒂芬決定了。

先詢問，如果對方真的有其他人，就放生他。

畢竟，良好睡眠對她而言，是非常重要。

為了一個做錯事的男人而失眠，太浪費時間了。

釐清思緒後，金蒂芬撥了電話。

不管結果如何，今晚她不會失眠。

失眠的夜，就——

留給其他人來品味。

國家圖書館出版品預行編目資料

失眠的夜／語雨、澤北、葉櫻、雪倫湖　合著–初版–
臺中市：天空數位圖書　2022.03
面：14.8*21 公分
ISBN：978-986-5575-85-4（平裝）

863.55　　111002799

書　　名：失眠的夜
發 行 人：蔡輝振
出 版 者：天空數位圖書有限公司
作　　者：語雨、澤北、葉櫻、雪倫湖
編　　審：非常漫活有限公司
製作公司：多開卷有限公司
美工設計：設計組
版面編輯：採編組
出版日期：2022 年 3 月（初版）
銀行名稱：合作金庫銀行南台中分行
銀行帳戶：天空數位圖書有限公司
銀行帳號：006–1070717811498
郵政帳戶：天空數位圖書有限公司
劃撥帳號：22670142
定　　價：新台幣 380 元整
電子書發明專利第　I　306564 號

服務項目：個人著作、學位論文、學報期刊雜誌等出版印刷及DVD製作、影片拍攝、網站建置與代管、系統資料庫設計、個人企業形象包裝、技能檢定影音平台與檢定系統建置、多媒體設計、電子書製作。
TEL　：(04)22623893
FAX　：(04)22623863　　MOB：0900602919
E-mail：familysky@familysky.com.tw
Https　://www.familysky.com.tw/
地　址：台中市南區忠明南路 787 號 30 樓國王大樓
No.787-30, Zhongming S. Rd., South District, Taichung City 402, Taiwan (R.O.C.)